113 계단

장란순 수필집

113계단

졍츌판

학창시절부터 책 읽는 것을 좋아했다. 책이 귀한 시절이라 주로 학교도서관에서 빌려보던 한국문학이나 세계문학 작품들은 나에게 문학이 무엇인가 라는 의문을 남기기도 했지만 나는 어려운 학문을 이해하려 했다기보다는 흥미위주로 편하게 읽으려고 노력했다. 학교를 졸업하고 사회인이 되어서도 베스트셀러 작품이나 신문의 칼럼을 많이 읽으려고 하였고, 취미가 무엇이냐고 물어오면 오직 독서라고 했던 기억이 있다.

평생 교육자의 아내로 살아오면서 경제적인 문제를 떠난 취미를 선택한다는 것은 사치처럼 여겨졌고, 그래서 더 독서에 취미를 붙이고 살았는지 모른다. 시간과 장소를 구애 받지 않고도 얼마든지 취미생활을 할 수 있는 존재가 독서라고 여겼기에 독서는 나의 생활의 많은 부분을 차지하며 같이 했었다.

꾸준히 책을 읽으며 생활하다보니 문예교실에서 공부할 수 있는 기회가 주어졌고 등단의 행운도 얻었다. 그러나 내 짧은 지식으로 좋은 글을 쓴다는 것은 매우 힘든 일이었다. 그리하여 감히 문학이라는 학문을 논하진 않으련다. 다만 이렇게나마 한 권의 수필집을 내고자 하는 이유는 그동안 틈틈이 써왔던 글을 한데모아 내 인생에 흔적을 남기고 싶어서이다.

그동안 글을 쓸 수 있도록 도와주신 김홍은 교수님, 문우님들, 사랑하는 가족들에게 진정 고마운 마음을 전하고 싶다. 감사합니다.

2019년 여름의 끝자락에서

장 란 순

차 례

책을 펴내며 –   4
작품해설_김홍은(충북대학교 명예교수)   217

1부 서울, 과거로의 여행

113계단   13
깊어가는 가을 속으로   19
우정   23
서울, 과거로의 여행   29
해운대   33
고양이 울음소리   37
해후   41
반지의 비밀   45
슬픈 꽃목걸이   49
만나면 좋은 사람들   53

2부 일체유심조一切唯心造

콩새의 비상   59

꽃봉투   64

일체유심조一切唯心造   70

동명이인同名異人   74

법주사 산사 축제   79

융프라흐요흐   84

전설이 깃든 청평사   90

횡재수橫財數   95

가을 들판에 서서   100

인생의 목표   105

차 례

3부 빨간 양철지붕의 외딴집

빨간 양철지붕의 외딴집   113

나뭇잎에 스친 바람   118

꼬마 미술관   123

김치찌개   127

무심천 풍경   132

아우내 장터   136

작은 농장 이야기   141

뚱보 아줌마   148

묵 파는 여인   153

반야사를 찾아서   157

4부 어머니의 눈물

어머니의 눈물   163

단팥빵   171

배려   175

산신의 경고   179

어머니의 손칼국수   184

따뜻한 선물 김치   189

쓸개 빠진 여자   194

어머님 용서하소서   198

백오십 시간의 열정   203

고희연古稀宴   208

1부

서울, 과거로의 여행

달달한 꽃 향을 음미하며, 사춘기 소녀의 감성으로
시어詩語를 풀어내던 것도 어쩌면
아카시아 꽃향기에 취해서인지 모른다.

113 계단

  불현 듯 학창시절이 그리워 모교가 있던 고향으로 길을 나섰다. 두 세 시간만 달리면 도착하는 거리인 것을, 왜 그리 먼 곳으로 생각하고 살았는지 모르겠다. 마음의 여유가 없어서였을까? 아니면 사라져 버린 교정에 대한 아쉬움 때문일까? 특별한 이유가 없었음에도 수십 년을 그렇게 잊고 살아왔었나보다.

  학교가 있던 곳에 도착해 보니 내가 친구들과 공부하던 건물은 온데간데없고 그 자리에 군청 건물이 자리를 차지하고 있다. 학교 정문으로 들어가려면 113개의 계단을 밟고 올라가야 했는데, 친구들과 이야기꽃을 피우며 오르내렸던 계단이 지금은 79개만 남았다. 내 추억의 일부분이 사라진 것만 같아 아쉽다. 시멘트로 견고하게 만들어 튼튼했던 계단도 여기저기 이끼가 끼고 거뭇거뭇하게 부식

되어 패이고 귀퉁이가 떨어져 나간 걸 보면 세월의 흐름을 어쩌지는 못했나보다.

한 칸 두 칸 계단을 오르노라니 학창시절의 추억들이 파노라마처럼 펼쳐졌다. 단발머리에 까만 교복의 흰색 칼라를 반짝이며 친구들과 어울려 등교하던 시절, 계단을 중앙에 두고 양쪽 편에 울창하던 아카시아 나무에 주렁주렁 달린 꽃송이는 봄이면 향기로운 꽃향을 풀어 놓았다. 달콤하고 향기로운 꽃 향이 우리의 하루를 기쁘게 했고, 수업이 파하고 집으로 돌아가는 하굣길에도 지친 심신을 위로해 주며 배웅을 해주었다.

달달한 꽃 향을 음미하며, 사춘기 소녀의 감성으로 시어詩語를 풀어내던 것도 어쩌면 아카시아 꽃향기에 취해서인지 모른다. 청순한 소녀의 가슴속에 꿈과 사랑이라는 단어를 슬그머니 담아주던 나무들이 이제는 고목이 되어 쓸쓸하다.

학교에 등교하면 서양 사람처럼 큰 키에 하얀 얼굴, 높은 콧날의 미남이신 영어선생님을 넋을 잃고 바라보곤 하였었다. 선생님의 인기는 전교생들의 가슴을 설레게 할 정도로 절대적이었다. 학창시절 누구나 한번쯤 가슴속으로 느꼈을 스승님을 향한 숭고한 사랑과 존경심은 먼 훗날까지 그리움으로 간직하게 되는지도 모른다.

한번은 수업이 무료해지는 사회 시간이었다. 빌려 온 소설책을 선생님 눈을 피해 몰래 읽다보니 흥미진진한 재미에 빠져버렸다.

선생님이 옆에 오신 줄도 모르고 넋을 잃고 보다가 선생님께 들키고 말았다. "요놈! 교무실로 와!"하시며 소설책을 빼앗아 가셨다. 그날 나는 교무실로 불려가 혼쭐이 났다. 책을 빼앗긴 것도 서운했지만 더 안타까웠던 것은 소설책의 끝부분을 다 읽지 못한 아쉬움이었다. 책을 빼앗아 마지막 부분을 읽지 못하게 했던 선생님이 야속하여 공연히 삐죽거리며 피해 다녔던 생각이 아련하다.

계절의 여왕이라는 오월이 오면 학교에서 '아카시아 축제'가 열린다. 학교를 졸업한 동문회가 주축이 되어 스승님들을 모시고 지나간 시간 속에 남겨진 추억들을 끄집어내며 웃음꽃을 피웠다. 사춘기 단발머리 소녀시절, 아직 세상의 이치를 다 알지 못했던 성장기 청춘의 여리고 흔들렸던 영혼을 살찌도록 도와주시고 감싸주셨던 은사님들이 보고 싶다. 지금도 건강하신 모습으로 살아 계시는지 궁금하다. 많은 은사님들이 이미 하늘의 별이 되셨을 테지만 살아계신 분들이 계신다면 더 나이가 들어 잊혀지기 전에 만나 뵐 수 있었으면 좋겠다. 방과 후 음악실에 모여 수없이 연습했던 가곡 '청산에 살리라'도 같이 불러보고 싶다.

모교의 전경은 참으로 아름다웠다. 양지바른 언덕에 시가지가 한눈에 내려다보이는 아담한 2층 건물로, 113개의 계단을 밟고 올라가야만 정문에 들어선다. 봄이면 울타리에 노란 개나리꽃이 흐드러지게 피어 물감으로 수채화를 그려 넣은 것처럼 강렬했다. 살랑 살랑 봄바람이 불때마다 연못가 수양버들가지는 풀어 헤쳐진 실타래처럼 하느작거리며 소녀들의 마음을 싱숭생숭하게 하였고, 화단 가득 피어있던 장미꽃의 화려함은 눈이 부셨다. 파란 하늘이 점점 높아지는 가을이 되면 단짝 친구와 학교 뒤 한적한 오솔길에 핀 코스모스 길을 걸으며 꿈을 키우지 않았던가. 어쩌다 운동장 밑에 자리한 기차 정거장에 수학 여행단을 태운 기차가 기적소리 울리며 지나가기라도 하는 날엔, 친구들과 모여 하얀 손수건을 흔들어 주며 여행의 즐거움을 축복해 주기도 했었다. 특히 남학생들은 우리가 손을 흔들면 휘파람을 불며 더 신이 나서 머리를 차창 밖으로 내밀어 주소를 적은 쪽지를 창문으로 던지기도 하였다. 그런 모습을 보는 즐거움은 사춘기 소녀들의 가슴에 이성에 대한 그리움을 잉태시키지 않았나 싶다.

중, 고등학교 6년을 오르내렸던 계단이다. 어쩌다 늦장을 부려 지각이라도 하는 날엔 눈앞이 캄캄해졌다. 113개나 되는 높은 계단을 몇 칸씩 뛰어 오르다 보면 온몸이 땀으로 뒤범벅이 되어 흘렀고, 하얀 교복이 땀에 촉촉이 젖은 채로 등교를 해야 했다. 체육시간에 집합이 늦었다고 계단을 수없이 오르내리도록 하여 단체 벌을 받는 모습을 본 남학생들이 우리의 다리를 보고 '무수다리', '알통다리'라고 놀리곤 하였었다. 돌이켜 보니 학창시절의 계단오르내리기는 내가 건강한 다리로 불편 없이 생활할 수 있는 체력이 되었는지도 모른다. 또한 모처럼 집을 떠나 학교 생활관인 '영명료'에서 합숙하여 배운 여인들이 갖추어야 할 덕목과 예절, 음식솜씨, 현모양처가 되는 수업은 내 삶의 지침이 되어 살아왔다.

언제부터인가 주변에서 '여학교가 높은 곳에서 눌러 남학생들이 기를 못 피는 것'이라며 '산 아래 쪽으로 내려 와야 된다.'는 이야기가 퍼져 나가기 시작했다. 그 후 여학교라는 명칭이 없어지고 남녀공학이 되고 말았다. 학생 수의 감소로 어쩔 수 없이 통합한 것이지만 그 소식을 들은 졸업생들은 너나없이 아쉬움에 눈시울을 붉히기도 했다.

113계단은 일제강점기에 일본인들이 높은 곳에 건물을 지어 통치하려고 건설하였다고 한다. 건물을 지을 때 공동묘지 터여서 사람의 유골이 발견되었다는 설 때문인지 아무도 없는 음악실에서 피아노 치는 소리가 들린다고 하였고 으스름달밤이면 뒷산 쪽에 있는 수돗가에서 여인이 머리를 풀어 헤치고 목욕을 하는 걸 보았다는 풍문이 돌기도 하였었다. 날이 어두워지면 공연이 오싹하여 서둘러 내려오곤 하였건만 이제는 모두 사라진 전설 속의 이야기일 뿐이다.

학교는 폐교가 되었지만 발자취만은 남겨두자는 동문들이 뜻을 모아 계단 초입에 기념탑을 세우고, 단발머리에 교복 입고 책가방을 손에 든 동상도 세웠다. 졸업생이라면 동상을 볼 때마다 학창시절의 자신의 모습이라고 떠올릴 것이다. 감수성이 가장 예민했던 소녀시절 육년 동안 아름다운 미래를 꿈꾸며 생활했던 공간이 사라져 버린 것은 못내 아쉽기만 하다.

졸업이 아쉬워 친구들과 줄지어 계단에 서서 기념사진 촬영을 한 지 엊그제 같건만 무심한 세월은 덧없이 흘러만 갔다. 이제 흰머리에 잔주름이 늘어가는 노년의 문턱에서 그 싱그럽던 젊은 시절이 생각나는 것은 어쩌면 이제 남은 내 인생의 마지막 부분을 정리할 때가 되어서인지도 모르겠다. 아쉬움을 뒤로 한 채 발걸음을 돌렸다. 기념탑에 세워진 동상이 자꾸만 손을 흔드는 것만 같다. 잊지 말라고. 폐교가 되었어도 소녀시절 꿈꾸었던 교정의 그리움을 결코 잊지 말아 달라고 애원하는 것만 같다. 잊을 수 없는 추억들이 다시금 머릿속에 맴돈다.

깊어가는 가을 속으로

　여고 동창생들과 태백산 백천계곡으로 향하는 관광버스에 올랐다. 차창에 스치는 풍경들이 참으로 아름답다. 어느새 단풍이 곱게 물들어 가을이 깊어가고 있었다. 중부고속도로 제천과 영월을 경유하여 태백에서 협곡열차를 타기 위해 분천역에 도착했다. 그때 내가 잘못 내린 것이 아닌가 하고 깜짝 놀랐다. 협곡열차를 보는 순간, 몇 년 전 다녀온 서유럽 스위스 융프라우요흐에 오르려고 탔던 산악열차로 착각할 만큼 서구적인 모형의 열차와 주변의 경관이 수려하여서다. 아!~ 내 나라 우리 강산의 경치가 이렇게 아름다운 줄 왜 몰랐을까? 그동안 가까이에 있는 아름다움은 보지 못하고 외국의 새로운 나라를 선호하며 여행하고 싶다는 생각을 하지 않았나 싶다.

　열차에 오르니 좌우로 배치하여 놓은 긴 의자가 창밖의 경치를 감상하기에 제격이다. 가이드는 "일조량이 풍부하여 올해의 단풍은 유난히 곱다"고 한다. 창밖을 보니 울긋불긋 물감을 뿌려 놓은 것처럼 화려한 단풍이 가을의 맑은 빛을 받아 더욱 아름답다. 우리는 누가 먼저라고 할 것도 없이 탄성이 절로 나왔다.

잠시 후 좁은 협곡의 절벽사이로 아슬아슬하게 열차가 동굴 속을 통과 하려는 순간, 갑자기 열차내의 전등불이 소등이 되었다. 처음에는 무슨 일이지 하는 불안감이 밀려들었지만 그것도 잠시 깜깜한 실내에 반짝거리는 조명이 현란하다. 그러자 여기저기서 사람들이 일어나 마치 신들린 사람들처럼 몸을 흔들고 박수를 치며 환호하기 시작한다. 관광열차라는 특성을 이용하여 사람들에게 긴장감과 즐거움을 함께 선사하려는 배려인 것 같다. 황홀한 춤사위는 열차가 터널을 빠져 나오며 끝이 났다. 사람들은 언제 그랬냐는 듯 모두 제자리로 돌아온다. 이런 것이 관광열차 여행의 묘미가 아닌가 싶다.

달리는 열차 창밖으로 나무가 흔들리는 것을 보니 바람이 부나보다. 하얀 나무가 바람에 움직일 때 마다 자작~자작~자작~ 소리를 낸다. 이 소리는 무슨 소리일까? 가만히 귀를 기울여 보았다. 바람이 불때마다 나무와 나무가 서로 부딪치며 내는 소리가 자작~자작~ 마찰음을 쏟아 내는 것이다. 하여 자작나무라고 부르기 시작했단다. 스쳐지나가면서 짧은 시간 본 풍경이지만 하얀 빛깔의 곧게 뻗은 자작나무 숲이 새로운 아름다움으로 기억에 남았다.

중간지점인 양원역에 잠시 정차하니 고소한 기름 냄새가 코끝을 자극한다. 요깃거리인 부침개에 따끈한 어묵을 판매하는 간이음식점이 있어 출출한 속을 채워주었다. 토산품인 도라지, 고사리, 버섯, 더덕, 콩, 깨 등을 오밀조밀하게 좌판에 올려놓고 파는 아주머니들이 발길을 잡는다. 뿌리치고 돌아서기가 아쉬운지 이것저것 한 보따리씩 사느라 기차 출발 시간에 쫓겨 허겁지겁 뛰어 오는 사람들도 보인다. 옛날 고향집을 오갈 때 탔던 기차 정거장의 모습도 이러하였다. 촌음의 시간을 쪼개 물건을 사고팔던 시절에는 정을 담아 거래를 하고 미안하고 고마운 마음에 덤을 얹어 주었었다. 이제는 볼 수 없는 추억속의 아련한 장면이다. 유년시절의 추억과 아름다운 차창 밖 풍경을 보며 웃고 떠드는 사이 기차는 종착지인 승부역에 도착했다. 아무리 들어도 정겨웠던 친구들과의 추억담이 시간을 잡아매 행복해 하는 내 마음도 모르는지 기차는 목적지에 커다란 몸을 세워두고 움직일 줄을 모른다.

아쉬움을 뒤로하고 향한 곳은 제2의 행선지 구문소다. 낙동강 상류 황지천 강물이 흘러 석회암이 뚫리며 만들어진 석회동굴로 세계적으로 그 유형을 찾기 힘든 특수지형이라 한다. 강물이 흘러 어찌 바위산을 뚫을 수 있었는지 자연의 불가사의한 이치는 알 수 없었지만 오랜 세월 조금씩 바위산에 길을 낸 강물의 힘이 놀라웠다. 쉼없이 흐르는 잉크처럼 파란 강줄기와 주변 경관이 단풍과 어우러져 자아내는 비경은 관광명소로 손색이 없는 아름다운 풍경들이다.

봉화의 깊은 계곡 끝자락, 임도林道로 들어섰다. 단풍으로 곱게 물든 숲속이 어쩌면 이리도 아늑할까. 마치 어머니 품속처럼 포근하다. 줄~줄~줄~ 골짜기에서 흐르는 물소리에 귀 기울이며 하염없이 오솔길을 걷노라니, 문득 변화하는 사계절의 흐름이 우리네 인생과도 같다는 생각이 든다.

보랏빛 꿈에 부풀어 풋풋했던 청춘의 봄이 지나면, 갑자기 먹구름이 몰려와 천둥번개가 치듯 고난에 맞닥뜨리기도 하고, 소나기가 내린 뒤 무지개가 떠오르는 것처럼 길한 일이 생기기도 했었다. 또한 쨍하게 내려 쬐는 뜨거운 한여름 젊은 날을 보낼 때 내 삶도 태양처럼 열정적이지 않았던가. 가을걷이를 하는 농부에게는 가을이 풍요로운 계절이듯 아름다운 단풍이 물드는 가을이 자연에게도 좋은 계절일 것이다. 내 삶에서의 가장 아름답고 행복한 가을은 언제일까? 가만히 나 자신에게 물어본다. 꼭 이때야 하고 단정 지을 수는 없겠지만 자식들이 모두 성장하여 자신들의 가정을 이루며 살아가고 있고, 경제적으로도 마음의 여유가 생긴 지금이 생의 정점이 아닌가 싶다.

아름다운 가을날의 볕은 길지 않다. 곧 다가올 차가운 한파가 몰아치는 겨울 추위에 대비하기 위해 가을이 소중하고 중요하듯, 내 인생의 겨울을 편안하고 풍요로운 이 가을에 잘 마무리해야할 것 같다.

친구들과 단풍구경을 나섰던 하루였지만 자연을 마주하고 호흡하며 가을정취에 젖다보니, 차분히 내 인생을 관조해 보는 계기가 된 것 같다.

우정

함초롬히 피어 있는 들국화가 향기롭다. 바람에 흔들릴 때마다 묻어나는 꽃향기에 벌 나비가 모여든다. 꿀단지를 보기라도 한 듯 벌과 나비의 날개 짓이 빠르고 경쾌하다. 만물이 풍성해지는 가을이 손짓하는 것을 보면 곧 친구들과 어울려 하루를 재미있게 보낼 기대감에 기분이 좋아지고 어깨가 덩실거려진다.

해마다 시월이 되면 고향 초등학교에서 총동문회가 주관하는 운동회가 열린다. 그동안 초대장을 받고도 참석한 적은 몇 번 안 되지만, 올해는 친구들과 다 같이 모여 하루를 재미있게 지내고 싶다는 한 친구의 전화에 참석하겠노라고 선뜻 대답을 하였다.

고향 나들이를 한다고 생각하니 며칠 전부터 가슴이 설렜다. 어린 시절 친구들과 뛰어 놀던 교정과 동네어귀 그리고 고향집은 나이가 들어갈수록 가슴에 쌓아 놓은 보물인양 하나씩 꺼내 보는 재미가 있다. 그럴 때마다 수십 년 전 친구들의 올망졸망한 얼굴들이 다가오고 친구들과의 수많은 일화들이 냇가에 던져놓은 돌멩이의 파문처럼 기억 속에서 퍼져나가곤 했다. 즐겁고 행복했던 순간도 있고 아프고 아쉬웠던 순간도 있었으나, 세월이 흐른 지금은 모두가 아름답고 소중한 기억들이다.

오늘따라 날씨도 화창하다. 파란 하늘에 뭉게구름이 한가로이 두둥실 떠가고, 길가에 한들거리는 코스모스가 고향으로 오라고 손짓한다.

아! 내 고향이다. 읍내로 들어서는 입구, 가로수로 심어 놓은 감나무에 주렁주렁 열린 감이 노랗게 익어간다. 전국적으로 가로수를 감나무로 심어 놓은 곳이 많지 않지만 감의 고장답게 내 고향 영동은 감나무가 가로수를 대신해주는 품격을 자랑한다. 거울을 꺼내 얼굴을 살펴본다. 화장도 곱게 잘 되었다. 순간 누구에게 잘 보이려고 이러나 싶어 속으로 웃는다. 옷차림새를 다시금 매만지고 정문으로 들어섰다. 벌써 운동장 한 가운데에서는 영차~ 영차~ 어~ 영차 줄다리기 한판이 벌어졌다. 기수들은 모두 줄다리기에 정신을 빼앗기고 한쪽에서는 신나는 음악에 맞추어 몸을 흔들며 흥을 돋운다.

천막이 운동장을 중심으로 가장자리에 졸업생들의 졸업기수 순번에 따라 세워졌다. 나는 우리 기수들이 자리한 천막을 찾아 들어

갔다. 간이 식탁에는 맛있는 음식들을 푸짐하게 차려 놓았다. 몇몇 친구들은 이미 마신 술이 얼근하게 올랐는지 한껏 고조된 목소리가 웃음소리에 섞여 시끌벅적하다. 자리를 찾아 온 나를 반갑게 맞아 주는 친구들과 선후배도 있다. 일 년에 한번 볼까 말까한 관계임에도 고향 선후배라는 고리가 이렇게 친근하고 기분 좋게 해준다. 역시 고향사람들의 마음은 포근하고 다정하다.

　얼마만인가! 금방 알아본 친구도 있지만 몇 십 년 만에 만나니 기억조차 가물거려 알아볼 수 없는 친구도 있다. 친구의 이름을 기억하지 못하여 얼마나 민망한지 얼굴이 화끈해 온다. 나를 알아보고 인사를 건네는 저 친구가 왜 내 머릿속에는 없는 것인지 야속하기만 하다. 얼버무리며 인사를 건네는 내 표정이 친구에게는 어떻게 보였을까. 공연히 미안해졌다. 동창들이 모인 자리는 지나온 자신의 이야기를 하는 장소이기도 하다. 날씬해진 몸매를 자랑하는 친구에게는 이 나이에 그런 몸매를 유지하고 있을 수 있는지에 대하여 비결을 묻기도 하였고, 개중에는 부와 명예를 운운하며 우쭐대는 친구도 있다. 대부분의 친구들은 흰머리에 주름살, 검버섯으로 얼룩진 얼굴이 많다. 나이가 들어가면서 생긴 어쩔 수 없는 훈장이다. 허약한 친구가 보이면 측은하게 생각되어 가슴이 짠해진다. 잘 나고 못난 친구들이 뒤섞여 있어도 그게 무슨 대수인가. 아직 마음만은 어린 시절로 돌아가 친구에게 '젊다거나 예쁘다'고 말하기도 하고 '예전 모습 그대로야'라는 말을 주고받는 우리는 사실이 아닌

줄 알면서도 순수한 우정의 표현이라는 생각에 행복해 했다.

이제 현직에서 물러나 있는 친구들이 대부분이지만 월등하게 공부를 잘하던 친구는 역시 박사에 교수님이 되었고, 의사, 교사, 약사 등 직업도 다양했다. 꼿꼿하게 고향을 지키며 사업을 하는 사장님 친구 무성, 순자 내외는 늘 친구들에게 베풀며 반갑게 맞아주어 감사하다. 그리고 내 글을 낭송하여 동문들에게 배포하느라 고생한 시낭송가 경동 친구의 우정에 고마웠다. 그러나 농사를 지으며 성실하게 살던 친구가 불의의 사고로 고인이 되었다는 말엔 가슴이 먹먹해졌다.

동심으로 돌아간 우리들은 오늘 하루만이라도 온갖 시름 모두 털어버리고 유년시절 이야기들로 꽃을 피웠다. 남자 친구들은 왜 그렇게 심술궂었던지, 공깃돌 놀이를 할 때면 공기를 빼앗아 가고, 고무줄 놀이를 하면 면도칼로 고무줄을 끊어놓기 일수였다. 더 심한 친구는 여자애들의 치마를 걷어 올리며 놀리기까지 했었다. 지나가는 친구의 발을 걸어 넘어뜨리는 친구는 선생님에게 들켜 꾸중을 듣고 여학생 교실 복도에서 손을 들고 벌을 서기도 했었다.

그 중에서도 지금까지 또렷하게 기억에 남는 것은 6학년 때의 일이다. 여자 반 교실은 남자 반 교실을 통과해야만 들어갈 수 있었다. 하루는 남자애들이 복도 양쪽으로 나란히 줄을 지어서서 지나가는 여자애들을 놀려댔다. 그 놀림이 싫어 여자 친구들은 화장실을 쉽게 가지 못했고, 결국 소변을 참지 못해 교실에서 실례했던 사건은 당시 친구들에게 웃지 못 할 이야기였었다.

　나에게도 아련하게 떠오르는 기억이 있다. 남자애들이 차렷 자세로 서 있는 복도를 용기 내어 지나가는데 누군가가 뒤에서 내 발을 걸었다. 휘청거리며 넘어지려는 나를 남자애 하나가 붙들어 주었고, 나는 넘어지지 않고 지나갈 수 있었다. 그 후 그 남자친구의 모습은 의젓하고 늠름하게 내 눈에 머물렀고, 어쩌다 마주치기라도 하면 공연히 얼굴이 붉어져 일부러 피하곤 하였다. 문득문득 고향을 떠올릴 때면 내 마음속 유년의 추억으로 자리한 그 친구를 그리워 한 것은 풋사랑이었을까? 지금도 그때를 생각하면 입가에 미소가 지어진다.

　천진스러웠던 동심을 간직한 친구들을 보니 참 어려웠던 세상을 잘도 지내주었구나 하는 고마움이 생긴다. '젊어서 고생은 사서도 한다.'는 말도 있다. 힘겨웠던 시절을 억척스럽게 노력하며 견디어 온 친구들이 이제는 모두 사회의 중추적 역할을 하다가 퇴직을 했다. 부단히 노력하여 이룬 부와 명예, 그리고 자식들을 잘 길러 분가시켜 놓고 이제는 나름대로 여유와 행복을 만끽하며 지내고들 있다고 하니 이 얼마나 기분 좋은 소식인가. 인생은 육십부터라고 한다지만 이제 부富에 대한 욕심도 명예에 대한 집착도 내려놓고 곱고 아름다운 모습으로 함께 가고 싶다.

　풍요로운 이 가을! 흥겨운 음악소리가 울려 퍼지는 운동장에 축제가 점점 더 무르익어 간다. 오늘 만난 친구들이 내년에도 다시 이 자리에 모였으면 하는 바램을 가져본다. "우리들의 영원한 건강과 우정을 위하여!" 모두 이구동성으로 외치는 함성이 메아리 되어 울린다. 사랑한다. 친구들.

서울, 과거로의 여행

　지인의 신인문학상 시상식에 문우님들과 서울 중구 예장동 문학의 집으로 향했다. 가끔 다녀가기도 하였지만 서울 거리가 너무 변하여 그 옛날의 모습이 아니다. 하긴 강산이 변하여도 몇 번이나 변하였으니 어찌 그때의 모습이 남아 있을 수 있을까? 거미줄처럼 연결되어 있는 도로와 빠르게 달리는 차량, 하늘을 찌를 듯 솟구친 웅장한 초현대식 건물들, 어디를 둘러보아도 빌딩의 숲으로 이루어진 곳이라 주눅이 들 정도지만 과연 대한민국의 수도 서울이라는 실감이 났다.

　문학의 집은 남산 아래 숲이 우거지고 새소리 들리는 경치가 아름다운 곳이다. 뒤편에 우뚝 서 있는 남산타워를 바라보니 불현듯 그 옛날의 서울 생활이 파노라마처럼 지나간다.

　60~70년대의 남산은 서울 시민들이 가볍게 오를 수 있는 등산로

였고 휴식 공간이었다. 특히 야외음악당은 음악회가 열리기도 하였지만 만남의 장소로 더 유명했던 것으로 기억된다. 고향에서 올라오는 친구들을 만나 서울 시내를 내려다보며 우정을 나누었고, 미래를 설계하기도 하였는데 이제는 흰머리 늘어가는 노년이 되어가니 격세지감이 느껴질 뿐이다.

여고 졸업반이던 가을학기에 나는 단짝 친구와 함께 국립현대미술관에 입사하였다. 그 당시 경복궁에 현대미술관이 개관되면서 국전이 열리게 되었다. 개관 첫 회에 열리는 국전이어서 전 직원들이 철저한 준비를 하였다. 각 분야에 걸친 예술 작품들을 전시해 놓은 개관 하루전날이었다. 고 박정희 전 대통령 내외분은 예술에 관심이 많아 오픈식 하기 전에 제일 먼저 관람을 한다는 것이다.

청와대에서 경복궁으로 들어오는 쪽문이 열리더니 황금색 한복을 차려입고 사뿐사뿐 걸어오는 영부인이 보였다. 그 자태는 곱고 우아하였다. 직원 모두 긴장하여 맞이하는데, 수행비서 1명만을 대동하고 조용조용 들어와 일일이 악수를 청하는 게 아닌가. 대단한 행차인줄 알았던 우리는 의아해 했었다. 양손을 꼭 잡아주며 힘들지 않으냐, 문제점은 없느냐 격려해주는 말씀이 어찌나 따스하고 다정한지 평범한 어머니의 모습 같았다. '국모는 하늘에서 내려준다'는 옛 어른들의 말씀이 틀림없었다. 나에게 영부인과의 만남은 자랑거리였다.

전시회 기간 중 저명한 작가들을 만나게 된 것은 예술적 안목을

높일 수 있는 계기가 되었다. 학창시절 수업시간에 공부할 수 없었던 예술세계의 깊은 내면과 작가들의 작품세계를 그분들을 만나면서 알게 된 것은 행운이었다.

전시 된 목록의 작품 내용을 관람객들에게 해설하는 일은 보람이었다. 또한 모교에서 은사님이 후배들을 인솔하여 관람하러 오셨을 때, 사회생활의 첫발을 내딛는 제자들이 최선을 다하는 것을 보며 대견하다고 하시던 모습이 떠오른다. 당시 시골 학교에서 유명한 작가들의 작품을 감상할 수 있는 기회가 적었기 때문에 서울까지 전시장을 찾아왔지만 현실적으로는 어려운 여건이었다. 제자들을 찾아 먼길 오셔서 관람을 하신 은사님과 후배들에게 난생 처음 받아본 봉급으로 음식을 대접하며 후배들에게 우쭐했던 기억이 새롭다.

바늘에 실 가듯 학창시절 때부터 단짝이던 친구와 함께 근무하는 일은 참으로 행복했다. 가끔 잔디밭에 앉아 점심 도시락을 먹으며 나누던 담소가 직장생활의 활력이 되기도 하였고, 틈틈이 둘러보는 경복궁 내의 궁궐들은 격조 높고 기품 있는 왕가의 생활상을 엿볼 수 있었다. 경회루를 바라보면 연회가 열리는 장면이 연상되기도 하고, 연못 한가운데 떠 있는 향원정으로 건너가는 아치형 다리에서, 화려한 궁중의상을 갖춘 왕과 왕비가 신하들을 거느리고 망중한을 즐기는 것 같은 착각이 들기도 하였다.

출·퇴근 길은 홍례문을 통과하였는데 출근길 친구와 정문 앞에서 만나 조잘대며 궁내로 들어서면 맑고 신선한 공기부터 달랐다. 잘 가꾸어 놓은 정원에 들어온 듯 새들이 지저귀고, 정교하게 손질 된 나무와 아름다운 꽃들의 향기는 도심에서 느낄 수 없는 자연속의 정취였다. 현대에서 과거 속으로 들어가는 문이라는 생각을 하며 친구와 정담을 나누며 걷던 그 길이, 지금도 내 젊은 날의 추억으로 마음속에 생생하게 남아 있다.

시간이 촉박하여 경복궁을 다녀올 수는 없었어도 명망 있는 교수 님들의 강의도 들을 수 있었고, 등단하시는 분들께 축하의 박수를 보낸 나는, 짧은 외출 속에서 과거를 회상할 수 있는 의미 있는 시 간여행을 하였다.

해운대 海雲臺

쏴~아 쏴~아~ 파도 소리가 기분을 맑게 한다. 도심의 회색 시멘트 숲에서 벗어나, 만난 바다는 그렇게 나를 맞이했다. 하얀 포말을 일으키며 파도가 수없이 밀려온다. 지칠 법도 하건만 끊임없이 해변으로 파도를 만들어 밀어내는 일이 즐거운가 보다. 누군가 수영을 하면 그의 몸을 간지럽히며 놀자하고, 싫증이 나면 가끔 큰 파도를 만들어 험상궂은 모습으로 돌변하기도 하는 야누스적인 양면성을 가졌지만 그래서 더 매력적인지 모른다.

얼마 만에 찾은 바닷가인가. 백사장을 가득 채웠던 해수욕 인파들은 다 어디로 사라지고 몇몇 젊은이들만이 튜브에 올라 파도타기에 열중이다. 햇살에 투영된 바닷물을 뒤집어쓰면서도 희희낙락이다. 세상에 저들처럼 행복한 모습이 또 있을까. 즐거움을 만끽하며 발산하는 젊음이 있다는 것이 그 얼마나큰 축복인가. 그들의 여유 있고 생동감 넘치는 모습이 싱그럽다.

바다 냄새를 호흡하며 걷는 백사장의 은빛 모래가 햇빛에 반짝인다. 맨발로 걸어보니 발끝에 감겨오는 감촉이 비단결처럼 부드럽다. 작은 돌가루 알갱이들이 어쩌면 이리도 보드라울까. 발가락 틈새를 비집고 들어와 자리를 잡아도 불편하지 않다. 무언가 이물질이 침범하면 신경이 거슬리기 마련인데 그런 느낌도 없다. 바다 모래 자체가 나와 하나가 되어가고 있는 듯하다.

해운대는 우리나라의 대표적인 해수욕장의 하나이다. 여름이면 누구나 이곳에서 해수욕을 즐기며 여름휴가를 보내고 싶어 하는 명소 일게다. 끝없이 펼쳐진 파란 바다물결과 고운 모래, 동백섬의 운치 있는 산책로, 다섯 혹은 여섯으로도 보인다는 오륙도, 가물가물 맑은 날에만 볼 수 있다는 일본의 대마도까지 부산 해운대의 주변 경관은 볼거리와 즐길 거리가 다양하고 참으로 아름다운 자연경관을 가지고 있는 매력적인 곳이어서 더 좋아한다.

바다가 없는 곳 충청도에서 살고 있는 나는 예나 지금이나 해변의 백사장은 늘 동경의 대상이었다. 단발머리 여고시절 수학여행을 부산으로 와서 난생 처음으로 마주한 해운대 바다는 얼마나 경이로운 모습이었는지 모른다. 끼룩~ 끼룩~ 끼루룩~ 갈매기들이 멋진 폼으로 비행을 하며 날아다니고, 밀려왔다 밀려가는 출렁이는 파도와 수평선 너머에서 솟아오르던 일출의 장엄함과 신비스러움에 우리들은 환호했었다. 숙소가 정해진 후 모두가 잠든 사이, 단짝 친구와 몰래 빠져나와 거닐던 달 밝은 해운대 밤바다의 정취는 얼마나 낭만적이었던가. 밤새는 줄 모르고 걷고 또 걸으며 낭송한 하이네의 연愛시는 마음을 설레게 하였고, 모파상의 '여자의 일생'을 이야기 하는 우리는 소설속의 주인공이 되어 연민과 분노를 담아 열변을 토하였던 곳이었다.

책이 귀하던 그 시절에는 좋은 책이 있으면 방과 후 친구들과 서로 돌려가며 읽고 토론하였는데, 그중 모파상의 '여자의 일생'은 인기 있는 소설책이었다. 잘못된 결혼으로 일생 동안 마음에 상처를 받으며 고독하게 살아가던 기구한 운명의 여주인공 잔느를 통하여, 작가인 모파상이 '인간 영혼의 고독'을 묘사한 작품이었다고 평론가들은 대변하기도 하였다. 당시의 시대상을 반영하는 소설이었지만 사람은 어떤 배우자를 만나는가에 따라 운명이 결정된다는 것은 지금도 같은 맥락일 것이다. 과거의 결혼은 정해진 배우자를 운명으로 받아드려 순응하며 살았다면, 현대는 자신이 선택한 인생을 지혜롭게 개척하며 살아가는 세상이 아닌가.

현모양처로 살겠다고 한 나와는 달리, 유난히 소설에 집착하여 행복에 대한 확신이 없는 결혼은 하지 않겠다던 감상적인 친구였다. 그리고 사회인이 되어서도 말처럼 독신을 주장하며 커리어 우먼임을 자처하는 유능한 직장인으로 살면서 많은 재력을 쌓기도 하였다. 자유로이 취미생활을 하며 유유자적하던 친구를 나는 한때 부러워한 적도 있었다. 그런 그가 어느 날 불쑥 찾아와 나도 결혼하여 자식들과 오순도순 살고 싶다며 눈시울을 적시던 적이 있었다. 그렇게 당당하고 세상에서 제일 행복하게 살고 있다고 느꼈던 그 친구의 말에 나는 충격을 받기도 하였다. 내가 부러워했던 삶이지 않은가. 행복이란 겉으로 내보이는 것만을 보고 평가할 수 없다는 것을 알았다. 행복해 보이는 얼굴에도 가슴속에는 절망과 슬픔이 내재되어 있다는 것을 친구의 넋두리를 들으며 알았다. 지금은 연락이 되지 않아 소식조차 알 수 없어도 다정하게 손잡고 함께 해운대 백사장을 거닐던 친구, 그때 그 시절이 한없이 그립다.

하늘 가득 반짝이던 별들과 해풍이 스치며 남겨놓은 짭짤한 소금내음이 사춘기 소녀의 마음을 온통 빼앗아 가버린 해운대, 그 시절 나에게 있어서는 별천지였다. 지금도 해운대 바다에 오면 내 젊은 날의 추억들이 떠올라 상념에 젖는다.

친구야! 이제 우리 만나 슬픔도 괴로움도 모두 훌훌 털어 파도에 쓸려 보내자. 그리고 남은 시간 기쁨만 가득하길 기원하자. 저 맑고 드넓은 바다는 우리 우정의 선물이 될지니.

고양이 울음소리

   신혼 초 적적함을 달래기 위해 강아지를 키운 적이 있다. 강아지와 딸은 마치 자매처럼 지내면서도 남편이 없을 때나 한밤중에 집을 지켜주는 든든한 가족으로 살았었다. 그러나 만남이 영원할 수 없는 것처럼 내 곁을 떠났고, 헤어질 때의 슬픔 때문에 다시는 강아지를 키우지 않겠노라 다짐하기도 했다.

   딸은 성장하여 수의사인 남편을 만나 결혼을 하였다. 헤어진 강아지와의 인연 때문이었을까? 알 수는 없지만 강아지를 유난히 사랑했던 딸은 동물을 보살피며 살아가고자 하는 사위를 배우자로 선택했다. 사위는 수의사가 천직 같다는 느낌이다. 동물들과 소통하며 마치 사람을 대하듯 정성을 다해 치료하는 모습을 보면 참으로 대견하기도 하고 잔잔한 감동이 전해져 왔다.

어느 날 TV 뉴스를 보고 있는데 사위가 M방송사 기자와 인터뷰를 하고 있었다. 사경을 헤매는 고양이의 수술 과정을 설명하는 장면이었다. 고양이가 놀이터 나무에 복부가 찔려진 상태로 발견되어 수술로 생명은 건졌지만 상처가 깊어 정상적인 삶을 살 수 있을지는 낙관할 수 없는 지경에 처한 상황이다. 정확히 알 수는 없지만 고양이 몸의 상처를 볼 때 고양이가 움직이다가 부주의로 다쳤다기보다는 누군가 고의로 가해를 한 것 같다하여 SNS를 통하여 세상에 알려지게 되었다. 그리고 이를 본 사위가 그 고양이를 살리기 위한 수술을 맡아 집도를 한 것이다.

고양이도 생명이 있는 동물이거늘 어찌 이리도 가혹할 수 있단 말인가. 다행히 사위의 정성어린 수술과 따스한 보살핌으로 고양이는 정상적인 상태로 되돌아 갈 수 있었다고 한다. 왜 이런 일이 벌어지는 것인지 안타깝다. 어쩌면 동물을 싫어하는 사람과 보호하려는 사람들 간의 갈등 때문에 생긴 희생양은 아닐까? 하는 생각도 해 보았지만 그렇다고 말도 못하는 동물에게 위해를 가한다는 것은 납득하기 어렵다.

얼마 전에도 캣맘(Cat mom) 사건이 세상을 떠들썩하게 했다. 주인 없이 떠돌던 고양이가 거리에서 새끼를 출산한 것을 보고 편안히 살라고 집을 지어주던 평범한 주부를 향한 테러였다. 아파트 주민들 간에도 길고양이를 돌보던 그 주부를 미워하고 시기하는 사람들이 많았다는 것이다. 길고양이를 돌보는 사람이 있기 때문에 많은 고양이들이 아파트로 몰려들었고, 그 울음소리가 싫어서 원인 제공

자인 주부를 미워했을지 모른다. 그렇다고 그 증오의 표현을 고층 아파트에서 사람을 향해 벽돌을 던졌다는 것은 살인을 하겠다는 의미로 밖에 볼 수 없는 게 아닌가. 벽돌을 던진 사람이 어린아이였고 장난에서 비롯되었다고는 하지만 자세한 내막은 누구도 알 수 없다. 부모의 원성을 아이들이 오산하여 저질러진 것이라면 이 얼마나 황당하고 어처구니없는 일이 아니겠는가.

한밤중 가냘픈 아기 울음소리에 잠 못 이룰 때가 있다. 아기가 왜 저리 울까. 어디가 아픈 것일까 생각하며 가만히 들어보면 고양이 울음소리일 때가 많다. 젊은 사람들이 아기 낳기를 망설이기 때문에 아기 울음소리 듣기가 어려운 요즘 밤늦게 들리는 애기 울음소리는 대부분 길고양이 울음소리이다.

우리 집 앞 화단에도 길고양이가 찾아온다. 짝을 찾는 소리인지 배가 고파 우는 소리인지는 알 수는 없어도 밤새 울어대는 통에 잠을 설치기도 했다. 그래도 찾아주는 손님인지라 가끔 먹이를 놓아주면 어느새 왔다가 갔는지 먹이를 흔적도 없이 먹곤 사라졌다.

그러나 다 고양이를 좋아하는 것은 아닌가보다. 밤이 되면 주택가로 몰려드는 길고양이들이 쓰레기통 주변을 어슬렁거린다고, 울음소리가 시끄럽다며 성화를 내는 사람들도 많다. 이해하지 못하는 것은 아니다. 그렇다고 배가 고파 거리를 떠도는 고양이가 안타까워 집에 데려다 보살펴주는 가슴 따뜻한 사람들을 증오하거나 미워해서는 안 되는 것이 아닌가. 예로부터 개와 고양이는 우리 주변에서 우리를 지켜주는 충성스런 동물이었다. 더구나 요즘은 외롭거나 정이 그리운 사람들에게 친구가 되고, 자식이 되어주는 가족이나 다름없다. 그러서인지 지금은 많은 사람들이 애완동물이라 부르기보다는 반려동물이라고 부르기도 한다. 개와 고양이를 길에서 떠돌게 만든 것도 결국 우리 사람들이지 않은가. 제대로 돌보았다면 길거리를 어슬렁거리는 동물이 생겨날 이유가 없다. 불쌍한 동물들을 거두어 주는 사람은 그래서 더 고맙고 감사하다. 내가 못하는 일을 솔선수범하여 실천하는 의로운 사람들이기 때문이다.

싸늘한 바람에 낙엽이 뒹구는 거리의 모습이 한층 쓸쓸해 보인다. 어느새 가을이 가고 겨울이 되었나 보다. 으스스한 한기가 몰려오면 거리를 떠도는 개나 고양이들이 자꾸만 눈에 아른거린다. 눈보라 치는 날, 살을 에는 밤이 오면 매서운 추위를 어찌 견딜까. 배가 고파 산에서 내려올 수밖에 없는 산짐승들은 또 어쩌나. 사람들이 훼손한 자연에서 견딜 수가 없어 인간 세상으로 가까이 다가오는 것일 터인데, 하는 생각을 하면 마치 내가 세상의 근심걱정을 모두 짊어진 것처럼 보이지만 우리가 같은 공간에 공존하고 살아간다면 적어도 이런 근심걱정 하나는 가지고 살아가야 하지 않을까.

날이 점점 차가운 시간의 폭풍 속으로 들어가는 느낌이다. 추위가 몰려오면 올수록 내 시린 가슴만큼 길거리를 헤매고 있을 친구들이 걱정이다. 금년 겨울은 조금 따뜻했으면 좋겠다. 길고양이들을 위해서라도.

해후

십년이면 강산이 변한다는 옛 말이 아니어도 참 많은 세월이 흘렀다. 살아오면서 문득문득 떠오르던 고마운 분들은 지금도 그곳에 살고 있을까? 늘 가 보고 싶어 별러오면서도 사는 게 바쁘다보니 미뤄 온지 사십 여년이다.

군 입대를 하는 남편을 따라가 신혼시절을 보냈던 내 삶의 애환이 서려 있는 곳, 꿈에도 그리던 마을이다. 설레는 마음으로 길을 찾아 나섰다. 전방이 가까워 오자 군부대가 보이고 훈련을 떠나는 군인들의 행렬이 지나간다. 우리가 이곳에 살 때만 해도 남북이 대치하던 상황이어서 민간인은 별로 살지 않았었다. 지금은 지나치는 마을마다 건물도 들어서고 사람들이 북적대는 평화로운 도시로 변해 있다.

동내 입구에 있는 방아다리는 예전에는 나무로 만들어 흙을 덮은 작은 다리였고, 다리 밑을 내려다보면 맑은 물이 흘렀었다. 그러나 지금은 시멘트로 높게 다리를 놓아서 옛날의 정취가 느껴지질 않았다. 안쪽 길로 접어들자 앞동산 밑에 있던 느티나무는 아름드리로 자라 동내를 지키는 수호신처럼 서 있고, 개울가 빨래터는 흔적도 없이 갈대숲이 우거져 있었다.

그런데 그 옛날 서울상회가 그대로 있다. 살던 집도 증축은 되었지만 알아볼 수 있었다. 그때에 마을 유지인 정씨네는 부유하고 인심도 좋아 베풀며 살던 사람들이었다. 살림집은 마당이 넓고 큰 집이어서 안쪽에는 주인어른들과 아들 내외가 살았고, 옆면의 행랑채에는 조그만 쪽문을 만들어 드나들게 하여 우리가 세 들어 살았다. 아들 내외가 운영하던 서울상회는 군용품을 팔고 있어 늘 군인들로 북적거렸었다. 나는 빨래비누와 치약, 간식거리를 사곤 하였던 점방이다.

문을 두드려 보았으나 인기척이 없고, 살던 집은 다른 이름의 문패가 걸려 있는 게 아닌가. 순간 가슴이 철렁 내려 앉는다. 다 떠난 것일까. 안절부절 한참을 서성이노라니 한 노인이 다가오며, 서울상회 정씨네는 주택을 지어 이사했노라고 알려준다.

알려준 곳은 길 건너 옛 대대장 관사가 있던 건물이다. 관사를 허물어 그림 같은 집을 지어 살고 있었다. 넓은 정원에는 나무와 꽃들이 아름답게 가꾸어져 있고 현대식으로 잘 지은 집이다.

두근거리는 마음을 진정시키고 현관문을 두드렸다. 문이 열리고 나오는 사람. 키는 작아도 얼굴이 둥글어 인상이 참 좋은 바로 정씨네 아들이었다. 남편과 나는 금방 알아볼 수 있었지만, 그는 우리를 알아보지 못한다. 하긴 이십대의 젊었던 모습이, 희끗 희끗한 머리에 주름진 모습으로 나타났으니 못 알아보는 것이 어쩌면 당연하다. 40년 전 옆방에 세 들어 살던 짱아네(딸아이의 별명)라고 말하자, 그제야 생각이 난 듯 정씨는 "아하! 충청도 양반들!" 하며 남편의 손을 덥석 잡고 집안으로 안내하였다. 어딘가에 전화를 하는가 싶더니 이내 들어오는 여인, 그 옛날의 새댁이었다. 동갑네인 우리는 누가 먼저랄 것도 없이 서로 부둥켜안고 반가움에 눈시울을 적셨다. 나는 가진 게 없어서 고생스러웠고, 그는 갓 시집온 새색시의 시집살이가 매워서 서러웠었다. 동병상련의 마음으로 속내를 털어 놓으며 대화를 하곤 하였건만 이젠 다 지난 옛이야기가 되었으니 그 옛날의 설움이 떠올라 우리는 한참을 그렇게 말을 잇지 못하였다.

급한 마음에 부모님 안부를 물었으나 이미 돌아가시었고 어머니 기일이 얼마 남지 않았단다. 조금만 더 일찍 찾아올 걸 눈물이 앞을 가렸다. 박봉에 쌀이 떨어져 밥을 하지 못하여 기척이 없으면, 몰래 부뚜막 위에다 쌀 한 바가지를 가져다놓고 가시고, 별식이라도 하는 날에는 손목을 끌며 데리고 가서 먹여 주시던 어머니 같은 분이셨다. 충청도 양반이라며 우리 내외를 대접하여 주시던 인자한 모습이 떠오른다.

마주 앉아 있는 아들 내외는 우리에겐 은인이었다. 언젠가 남편이 갑자기 훈련을 떠나 아기와 단둘이 있을 때에, 나는 몸살로 고열에 혼수상태가 되어 쓰러져 있었다. 딸아이의 울음소리가 들렸던지 새댁은 잠긴 문을 따고 들어와 아기를 데리고 나가, 하얀 쌀밥과 미역국을 끓여서 가져오고, 신랑은 단걸음에 읍내에서 약을 지어다 주어 병이 나았던 일을 어찌 잊을 수 있을까.

전방 생활을 마치고 고향으로 돌아올 때에도 진수성찬을 차려 송별식을 하여주었고, 짐을 꾸려 역전의 소하물로 부쳐 주던 일 등, 생각해 보면 은혜를 입은 일이 한두 가지가 아니었다. 그러나 그들은 그 일들을 기억하지 못하였다. 오히려 그동안 많은 사람들이 살다 갔어도 찾아오는 이들은 없었다며 "세상에 이런 일이…" 이 말을 연발한다.

감사하는 마음으로 사가지고 간 과일 중에서 좋은 것으로만 따로 골라 놓으며 시어머니의 제사상에 올리겠단다. 얼마나 인정스럽고 고마운 생각인가.

어찌 한자리에서 회포를 다 풀 수가 있었으랴. 불시에 찾아갔지만 정성껏 차려준 식사를 함께 나누며 40년 전의 이야기들을 주고받았다. 그 속에서 우리는 묵었던 정이 되살아나는 행복한 만남을 가질 수 있었다.

반지의 비밀

겨울 추위가 물러가고 따사로운 봄기운이 완연하다. 세월의 흐름은 누구도 거역할 수 없는 자연의 질서인가 보다. 봄, 여름, 가을, 겨울은 어김없이 윤회를 거듭하니 그 계절이 지루해질 때쯤이면 또 다른 계절이 다가와 기분전환을 하여준다.

가끔 집안일을 거들어 주곤 하던 남편이 웬일인지 선뜻 새 봄맞이 대청소를 하자고 나선다.

먼지떨이를 들고 안방으로 건너간 얼마 후 "찾았다! 찾았어! 반지 찾았다구!" 하고 외치는 남편의 목소리에 깜짝 놀라 달려가 보니, 먼지가 잔뜩 묻은 반지를 장롱 밑바닥에서 꺼내 보이며 의기양양하다. 무던히도 속을 썩였던 반지이기 때문이다.

몇 년 전, 집안에 도둑이 들어와 그동안 틈틈이 모아놓았던 금붙이, 현금과 화장품, 심지어 새로 산 옷까지 돈이 될 만한 물건을 몽땅 털어가 버린 적이 있다. 허탈함에 애끓는 심정은 이루 말할 수 없었지만 애당초 그 물건들은 우리 것이 아니었구나 생각하며 마음을 비우려고 노력했다. 나는 나대로 아쉬움이 컸지만 남편은 나보다 더 깊은 마음에 상처를 받은 것 같았다.

남편은 교직 근속 30주년 기념으로 교육부총리 상패와 부상을 선물로 받았다. 부상으로 무엇을 할까 의논 끝에 우리도 젊은 연인들처럼 기념이 될 만한 커플링을 맞추어 끼고 다녔다. 삼십년 제자들을 가르치며 땀과 정성을 쏟은 보람으로 받은 선물이여서인지 유달리 애착이가는 반지다. 그런 반지를 도둑맞았으니 속 타는 남편의 안타까움을 누가 알까. 도둑을 맞던 날, 외출을 하려고 서두르다보니 나는 반지를 끼었지만 남편은 반지를 미처 끼지 못하고 외출하는 바람에 도둑이 훔쳐가 버린 것이다. 반지를 끼던 손가락이 허전한지 빈 손가락을 만져보곤 하는 남편의 모습이 안쓰러워 다시 똑같은 반지를 장만하니 흐뭇해하였다.

얼마가 지났을 즈음 남편이 동창모임에서 회식을 하고 술이 취해 돌아온 뒤 손가락에 반지가 보이지 않았다. 어디에 두었느냐고 물어도 머리만 긁적일 뿐 말을 하지 못한다. 기억을 해보라며 잔소리를 하자 도우미가 있는 노래방엘 갔었다고 실토를 하였다. 몇 십 년 결혼생활을 하면서도 믿음과 신뢰로 살아온 지난 세월이었다. 기억이 나지 않는다고 발뺌이라도 하였으면 좋았을 것을 오히려 솔직한 고백이 화를 자초했다. 남편은 그 말 한마디만 불쑥 뱉어 놓고는 묵묵부답이다. 마음이 상한 나는 속 좁은 여자처럼 심기가 발동하니 불순한 생각이 꼬리에 꼬리를 물었다. 이상야릇한 상상까지 해가며 지내는 하루하루가 지옥이 따로 없다. 나도 평범한 여자가 아닌가, 참다못한 나는 "당신은 부부반지 낄 자격이 없는 사람이야!" 하고 소리지르자, 강경한 내 목소리에 놀란 남편은 "그냥 넘어가 주지, 질투 하는 거야! 이렇게 속 좁은 여자였어!" 한다. 결국 언성이 높아지고 말다툼으로 이어져 묵은 과거사까지 들춰내며 서로에게 상처를 남기고 말았다.

남편과 나는 서로 상반되는 성격 때문에 오히려 조화를 이룬다고 생각했다. 일상에서 다투는 일이 없다보니 언제부터인가 주변사람들은 우리에게 잉꼬부부라는 닉네임을 붙여주었다. 그때마다 이웃들이 잉꼬부부라고 보아준 것을 내심 감사하며 살았다. 과연 그럴까? 가끔 나 자신에게 자문도 해 본다. 그러나 지금의 심정은 잉꼬부부라는 별칭이 무색하다. 이 나이에 내가 왜 참아야 해! 안 참을 거야! 라는 생각에 울화가 치밀어 오를 뿐이었다. 그렇게 시작된 말없는 자존심 다툼은 계속되었다. 한집에 살면서 몇 날 며칠을 서로 외면하며 산다는 것이 이렇게 불편할 줄이야! 남편도 불편하기는 나와 마찬가지였나 보다. 결국 서로 눈치를 살피며 대화할 명분을 찾기에 급급하다보니, 누가 먼저랄 것도 없이 못이기는 척 말문을 열어 화해하였다. 그리고 다시 만들어 끼었던 반지의 행방도 까맣게 잊어버렸다.

청소하다 찾아낸 반지.

아하! 반지의 비밀이 여기에 있었네! 왜 반지가 장롱 밑으로 들어갔지요? 짐짓, 남편이 한마디 한다. 반지에 발이 달려서 그곳으로 걸어들어 갔나봐! 하! 하! 하! 앙금처럼 마음속에 남아 있던 반지의 비밀은 이렇게 해프닝으로 막을 내렸다.

반지의 실종이 어느 순간 우리 부부 관계에 심각한 균열을 가져오기도 했지만 한편으로는 살아가면서 조금씩 쌓였던 앙금을 말끔히 털어내는 계기가 되기도 했다. 이기적인 자기주장을 굽히지 않고 격한 감정을 참지 못하면 한순간에 사랑했던 사람과도 부부 싸움이 일어나 이혼의 위기까지 갈 수도 있다는 것을 느꼈던 사건이다.

요즘 젊은이들이 참을성이 부족하다고 말을 하지만 나이가 들어도 참을성이 부족한 것은 마찬가지인가보다. 서로 조금만 자제하고 배려와 이해로 소통하며 살아간다면 건전하고 화목한 가정이 될 것인데 그 작은 배려가 그렇게 어렵단 말인가. 부부간의 믿음과 배려에 대하여 생각해 보는 계기가 되었다.

슬픈 꽃목걸이

결혼 초 남편은 ROTC 장교로 전방부대에서 근무하게 되었다. 우리는 부대 근처 단칸 월세 방을 얻어 신혼살림을 시작한 후, 남편은 3개월 동안 최전방 GOP에서 근무했다. 남과 북을 가로지르는 3.8선 철책을 사이에 두고 북한을 바로보고 지내야 하는 남편으로서는 외로움을 달래줄 친구가 필요했던지 강아지 한 마리를 사서 부대에 데리고 들어가며 '해피'라는 이름을 지어 주었다. 남편 품안에 안겨 들어갔던 해피는 3~4개월이 지났을 즈음 큰개가 되어 돌아왔다. 껌뻑이며 바라보는 큰 눈동자가 어찌나 착해 보이고 순한지 정이 가는 멋진 해피였다.

남편은 퇴근이 늦어 한밤중에 귀가하는 날이 많았고, 훈련을 떠나면 며칠씩 걸리기 일쑤였다. 신혼시절이었기 때문에 아는 사람도 없는 최전방 부대 인근에서 남편이 며칠씩 들어오지 않을 때, 밤이 되면 지나가는 사람 인기척만 들어도 겁이 났다. 문을 걸어 잠그고 문밖에 귀를 기울이며 사람이 지나갈 때까지 숨을 죽이곤 했다. 다행이었던 것은 해피가 호위병처럼 문 앞에 떡 버티고 서서 오가는 사람을 참견하며 짖어대고, 어두운 밤이면 발자국 소리에도 사납게 으르렁거리며 집을 지켜주었다.

남편이 훈련을 떠난 후 봉급날이 지나도 돌아오지 못한 적이 있었다. 쌀이 떨어져 라면이나 빵으로 끼니를 대신할 때, 덩치가 큰 해피에게 제대로 먹이지 못해 미안해하는 내 마음을 아는지 걱정 말라는 듯 꼬리를 흔들며 바라보던 모습이 지금도 눈에 선하다.

해피는 새끼 강아지 때 남편이 우유를 먹여 키운 것을 아는 듯 뒤를 졸졸 따라다니며 좋아했고, 외출했다 돌아오는 소리가 들리면 먼저 뛰어나가 매달렸다. 남편에게 해피는 사랑을 독차지 하는 귀염둥이였다.

최전방 지역에 사는 군인은 늘 긴장 속에서 살아야 한다. 일촉즉발의 사태가 언제나 벌어질 수 있었기에 긴장의 끈을 놓을 수 없었으나 그러한 긴장을 해피가 풀어주는 역할을 하였다. 딸아이를 낳아 기르며 같이한 해피와의 시간이 너무나 행복했었다.

적적하여 아기를 안고 대문 앞에 서성이기라도 하는 날이면 해피는 신발을 물어 당기며 산책을 가자고 재촉했다. 오솔길을 지나 시냇가에는 올망졸망 하얀 돌이 반짝반짝 보석처럼 빛나고, 징검다리 건너 들판에는 예쁜 야생화가 지천으로 피어 향기로웠다. 딸아이는 아장아장 걸음마를 배우고, 나는 시도 읊고 노래도 부르며 하얀 풀꽃을 엮어 꽃목걸이를 만들어 아기의 목에 걸어주었다. 시샘이라도 하는 듯 해피도 쫓아와 머리를 들이밀며 자기도 목걸이를 해 달라는 듯 응석을 부리기도 했다. 똑같은 꽃목걸이를 만들어 걸어주자 신이 나서 이리 뛰고 저리 뛰며 얼마나 좋아하던지 그 표정이 사랑스러웠다. 간혹 아기가 병이 나서 울며 보채기라도 하는 날에는 해피도 안절부절 못하고 왔다 갔다 하며 안타까운 표정을 짓기도 하였다.

내가 즐거우면 저도 즐거운지 꼬리를 흔들며 재롱을 부렸고, 내가 슬프면 저도 슬픈지 조용히 눈치를 살피며 한쪽구석에 몸을 웅크리고 앉아 눈만 멀뚱거리던 영리한 해피였다.

남편이 전역할 때가 되어 고향에 돌아갈 날은 점점 다가왔고 해피와 이별할 생각을 하니 슬픔이 쌓여가던 어느 날이다. 이른 아침 전령병이 해피를 데리러 왔기에 웬일인지 의아했지만 보내주었다. 몇 시간이 흐른 후 이상한 기척이 있어 나가보니, 해피가 목에 새끼줄이 감기고 개울물에 빠지며 건너왔는지 온몸이 물에 흠뻑 젖어 부들부들 떨며 서 있는 게 아닌가. 그 모습을 보는 순간 너무나 측은하여 와락 끌어안고 나도 모르게 눈시울을 적셨다. 품에 안겨 있는 해피도 내 마음을 아는지 큰 눈망울에 그렁그렁 눈물이 고였다.

부대에 도착해서야 주인집으로 돌아갈 수 없는 곳이라는 걸 알았는지 뛰쳐나와 사력을 다해 달려온 것 같았다. 가는 길 한 끼라도 먹여 보내려고 제 그릇에 밥을 담아 주었다. 그러자 해피는 담아 준 밥을 어찌나 허겁지겁 먹던지 가슴이 미어지는 것 같았다. 헐레벌떡 뛰어온 병사들이 준비해온 쇠줄을 목에 걸어 끌고가는 모습을 차마 볼 수가 없어 방으로 들어와 주체할 수 없는 눈물을 흘렸다. 정이 무엇이기에 사람이나 동물이나 이별 할 때의 슬픔은 한결 같은가 보다.

주인을 찾아 그 먼길을 산을 넘고 물을 건너 집을 찾아온 해피, 보내지 말아 달라는 듯 애절한 눈으로 바라보던 슬픈 눈빛을 어찌 잊을 수 있을까. 사람도 제구실을 못하면 개만도 못하다 하는데 영리하고 순한 해피는 슬플 때나 기쁠 때나 함께한 가족으로 내 가슴 속에 살아 있다.

세월이 흐른 지금 신혼 초 전방에서의 힘들었던 생활이 아름다운 추억으로 남아 그리워지는 것은 해피와의 인연 때문인지도 모른다.

남편이 강아지를 키워보자고 한다. 생각난 김에 해피와 닮은 강아지 한 마리를 데려와야겠다. 오늘따라 해피 생각이 간절하다.

만나면 좋은 사람들

한 달에 한 번씩 만나는 모임인데도 어제 만난 사람들처럼 살갑다. 그저 일상을 이야기 하며 맛난 음식 먹고, 향 좋은 차를 마신 후엔 으레 영화관으로 향한다. 영화의 제목이나 내용은 그리 중요하지 않다. 함께 보며 공감하고 감동하는 것 자체가 좋다고 말하는 사람들이다.

이십 여 년 전, 우리는 우연한 인연으로 가톨릭 신자와 불자들이 만났다. 사찰과 성당의 교리는 다르다 하여도 종교관이 같아서일까? 경전과 성서의 토론으로 왈가왈부 하지 않는다. 스스럼없이 성당에서의 미사와 행사를 이야기 하면 사찰에서의 법회와 미담을 주고받으며 소통이 잘 되는 모임이다.

그때 나이가 사오십 대에 만났으니 모임 명칭도 4·5로 명명하였다. 손에 손을 포개고 이 모습 이대로 영원히 간직하자고 파이팅을 외친지 엊그제 같건만 이십 여 년이 흘렀다. 이제 육 칠 십대가 되었으니 덧없이 흐르는 세월을 어찌 막을 수 있으리. 흰머리에 주름살이 늘어간다 하여도 우리는 기죽지 않는다. 영원한 사오십 대이니까…

회원 구성원도 다양하다. 성악을 했던 큰 형님은 옷차림에 유난히 신경을 쓰는 세련되고 멋스러운 분이다. 둘째 형님은 두 아들을 명문대 출신으로 훌륭하게 키운 교과서 같이 생활하는 반듯한 분이고, 나보다 한 살 위지만 왠지 언니 대접을 깍듯이 해주고 싶은 셋째 형님은 시골 한적한 곳에서 아름다운 전원주택을 지어 유유자적 자연인으로 살고 있는 알뜰하고 예쁜 모습이 보기 좋다. 내가 딱 그 사이에 있고, 한 살 아래인 아우님은 사진작가다. 그런데 그 긴 세월을 남편 병수발에 지극정성을 드렸지만 끝내 하늘나라로 보낸 큰 슬픔을 겪었다. 그 큰 슬픔을 잘 견디어 내고 사진작가로 돌아갈 준비를 하고 있는 씩씩한 모습이 장하다. 그리고 재봉 솜씨가 좋아 생활소품들을 만들어 선물하는 착하고 얌전한 막내아우님, 우리는 이렇게 사분사분 취미생활 하며 오순도순 평범하게 살아가는 정 많은 사람들이다.

그동안 살면서 이모임, 저모임 많은 친목모임을 하였었다. 동창모임에서부터 아이들 키우며 정보를 교환한다는 명분하에 만난 몇 몇 모임. 이웃에서 정을 나누던 동네모임 등 많은 만남이 있었지만 세월이 흘러 헤어지게 되었고, 만날 명분이 없어지니 뿔뿔이 흩어져 소식마저도 소원하다.

한번 맺은 인연이라 하여도 만나면 헤어지고 헤어지면 또 만날 수 있는 게 우리네 삶이거늘 만나지 못한다 하여 섭섭해 하거나 슬퍼할 일은 아니다. 가슴에 묻어 두고 옛 추억의 한 자락으로 그리워하며 떠올려 본다면 그 또한 아름다운 인연이 아닐까 싶다.

4·5모임, 다음 달엔 어디서 만날까, 어떤 음식을 먹을까, 커피숍은 어느 장소가 좋을까, 영화는 어떤 장르가 좋을까… 생각만 하여도 기분이 좋은 만남이다. 지금처럼 이렇게 서로 토닥이며 정 많은 만남으로 살아갈 수 있기를 바라는 마음이다.

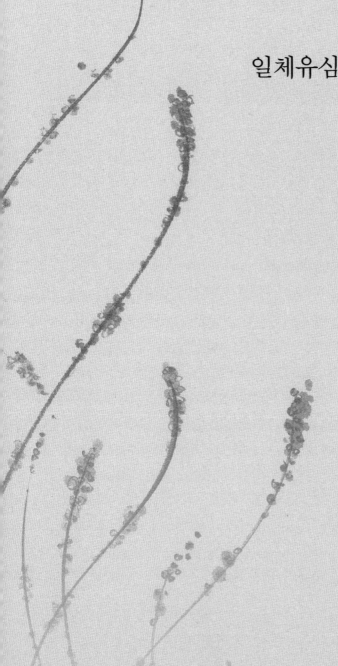

2부

일체유심조一切唯心造

횡재를 하고 보니 사람의 마음이 간사하고
시시 때때로 변하고 어떻게 처신해야 하는지
생각이 많아졌다.

콩새의 비상

새들이 아침잠을 깨운다. 카나리아 울음처럼 아름다운 소리는 아니어도 맑고 청아한 소리가 신선하다. 새들의 지저귐을 들으면 왠지 하루가 좋은 일들이 가득할 것처럼 기분이 좋아진다.

언제부터인가 우리 집 화단에 새들이 날아들기 시작했다. 도심 속에 새가 날아드니 신기하고 반가와 수시로 모이를 뿌려주고 과일과 물그릇을 놓아 주었다. 처음엔 한두 마리가 오더니 서로 연통이라도 하였는지 그 숫자가 눈에 띄게 늘어났다. 한꺼번에 우르르 몰려와 순식간에 먹이를 맛있게 먹어 치우고는 어디론가 신바람 나게 날아간다. 새들이 모두 날아가 버리면 왠지 허전하다. 자식들이 모두 성장하여 내 곁을 떠났을 때처럼 어디 한곳이 휑한 느낌이 드는 것은 무슨 까닭일까. 그런 이유 때문에 나는 매일 새들을 위한 만찬을 준비한다. 이러한 나의 마음을 아는지 새들도 잊지 않고 먹이를 먹으러 날아온다. 새들도 내가 기다리는 줄 아는 모양이다. 콧노래를 흥얼거리듯 노래를 부르며 모여드는 것을 보면 허전했던 조각들이 하나 둘 메워지는 느낌이다.

아침 시간 가족들이 출근하고 나면 나만의 시간이 주어진다. 베란다 티 테이블로 차를 가지고 나와 의자에 앉아 정원을 바라보며 마시는 차 한 잔이 새롭게 시작하는 하루를 기분 좋게 만들어 준다. 어느 날, 커피 한 잔을 마시며 창밖의 나무와 꽃들을 감상하고 있는데 작은 새가 이리저리 날아다니는 것이 보였다. 하는 짓이 너무나 앙증맞고 귀여워 살펴보니 콩새 두 마리가 집지을 장소를 물색하려는지 나무틈새를 기웃거리며 날아다닌다. 부부의 연을 맺은 한 쌍 같다. 참새목에 속하는 콩새는 겨울새로 알려져 있다. 길이가 18cm 정도로 참새와 비슷하지만 부리가 투박하고 목이 굵고 꽁지가 짧은 것이 특징이다. 특히 머리와 뺨에는 황금색 깃털이 멋스럽다. 배 부위는 수컷은 갈색이고 암컷은 잿빛이 도는 갈색이 아름답다.

콩새는 자신들의 보금자리를 가지가 튼튼하고 잎이 무성한 산수유나무를 선택했나보다. 두 마리가 번갈아 가며 자잘한 나뭇가지와 지푸라기들을 물어다 집을 짓기 시작하더니 작은 소쿠리 모양의 둥지가 완성되었다. 밖은 작은 나뭇가지로 얼기설기 엮은 듯 했지만 안에는 부드러운 강아지 털과 같은 것들로 만들었다. 손을 대면 따뜻한 온기가 스며 나올 것 같다. 우리도 보온에 신경을 쓰며 집을 짓는데 새들도 크게 다르지 않나보다.

몇 날 며칠은 암수의 울음소리가 시끄럽게 들렸는데 언제 그랬느냐는 듯 조용해졌다. 집을 모두 지은 후 짝짓기를 하느라 요란을 피우더니 이제는 알을 낳고 있는지 조용하다. 암컷이 알을 품고 있을 때면 수컷은 온 정신을 암컷에 집중한다. 알을 품고 있는 암컷을 누가 귀찮게 하거나 둥지를 건드리기라도 할까봐 수시로 날아와 주변을 맴돌며 경계의 눈초리를 풀지 않는다. 새들도 사랑하는 가족을 지키기 위하여 애쓰는 것을 보면서 세상의 모든 만물이 생존과 번식 그리고 가족애를 가지고 살아가고 있음을 느낀다.

알을 품고 있는 새가 먹이 사냥을 제대로 할 수 없을지 모른다는 생각에 나는 새들이 눈치 채지 못하도록 슬그머니 나무 틈사이로 먹이를 뿌려주었다. 그러면 알을 품고 있던 어미도 잠시 내려와 먹이를 쪼아 먹고 다시 둥지로 날아간다. 그 모습을 보면서 나는 얼른 새끼들이 보고 싶어졌다. 빨리 알이 부화하여 새끼들의 울음소리를 들려주기를 바랐다.

열흘 정도가 지났을까. '찌이~ 찌이~ 찌이~' 가녀린 울음소리가 들려 왔다. 힘은 없었지만 세상에 태어났다고 신호를 보내는 것 같다. 몰래 콩새 집을 들여다보니 새끼 3마리가 알을 깨고 나와 있는 것이 아닌가. 아직은 털이 나지 않아 빨갛고 맨송맨송하지만, 아! 신기하다. 그 사이 알을 낳아 품더니 새로운 생명이 태어난 것이다. 이는 콩새에게만 축복이 아니라 우리 집 정원에서 새 생명이 태어난 것이므로 나에게도 경사스러운 일이 되었다.

유난히 찍찍대는 소리가 크게 들리면 이는 배가 고파서 먹이를 달라고 보채는 소리다. 그럴 때면 새끼들은 노란 주둥이를 내밀고 아우성이다. 새끼들이 보채면 어미는 어딘가에서 먹이를 잡아와 한 마리를 먹이면 또 한 마리가 머리를 내민다. 새끼들은 먹어도 배가 고픈지 시도 때도 없이 보채고 새끼들 때문에 아비 어미는 번갈아 가며 먹이를 물어 오느라 작은 날개가 바스러지도록 바쁘기만 하다. 내가 보기엔 다 똑같이 생겨 어느 것을 먹였는지 구분할 수도 없는데 어미 새는 똑같은 새끼들을 골고루 먹이며 키우는 것을 보니 영리하다고 밖에 표현할 수 없다. 아마 새들도 쌍둥이를 키우는 사람과 똑같은 심성을 가진 부모마음이지 싶다.

온몸에 털이 나기 시작하고 어미가 무언가 지시를 하는지 일어나려다 쓰러지고 일어나려다 쓰러지기를 반복하며 날갯짓을 배운다. 안쓰럽긴 하여도 몸짓 하나하나가 사랑스럽다. 그리고 며칠이 지나자 어미는 새끼들을 데리고 나와 이쪽나무에서 저쪽나무로 날기 연습을 시키고 있다. 새끼들이 나는 연습을 하는 것을 바라보는 나는 새끼들이 떨어지면 어쩌나 하는 걱정 때문에 마음이 조마조마하다. 몇 번을 연습하고서 드디어 성공했는지 새끼들도 자유자재로 날아다니는 것이 보였다. 짧은 시간에 어미들은 새끼를 낳아 기르면서 성장시켰다. 마치 성인식을 마친 청년처럼 새롭게 세상으로 나갈 준비를 마친 새끼들이 대견하다.

아침부터 새들이 찍찍거리는 소리가 요란하고 푸드득 푸드득 부산스러워 밖으로 나와 보니 이리저리 날아오르는 맹연습을 하며 비상을 시도한다. 새끼들의 날개 짓에 힘이 들어 갈수록 이제 헤어질 시간이 된 것 같다는 생각이 머리를 스친다. 순간 새들이 집 주위를 빙빙 돌기 시작한다. 몇 바퀴를 돌더니 마치 잘 있으라고 인사라도 하듯이… 고마웠다고 말하는 것처럼 '찍찍! 찌이익! 휘이익~~~' 큰 소리를 내며 한 마리 두 마리 날아오르더니 어미 새들까지 다섯 마리가 한꺼번에 하늘 높이 날아올랐다. 멀리 멀리 아주 멀리 훨훨 날아가 버렸다. 만나면 이별은 언제나 예견되어 있는 것이지만 화사한 봄바람과 같이 나에게로 날아와 소중한 시간을 함께했던 새들이 떠나니 나도 모르게 눈시울이 젖는다. 이래서 이별은 슬픈 것인가 보다.

우두커니 서서 콩새들이 날아간 하늘을 한없이 쳐다본다. 새들이 지저귀는 소리를 들으며 즐거웠고, 어미가 새끼를 돌보는 것을 보며 내가 아이들을 키우던 시절로 돌아가 모성애를 느꼈었다. 세상 모든 만물은 똑같이 자식들에게 사랑을 베풀며 살아간다는 것을 콩새를 보면서 다시금 생각하는 계기가 되었다. 지금은 콩새 너희들과 이별하지만 복잡한 도심을 떠나 공기 맑고 신선한 곳에서 잘 살아라. 그리고 내년에 꼭 다시 돌아오너라.

나는 콩새가 떠난 빈 둥지를 쓸쓸히 바라보고 있다. 고요함과 허전함이 밀려든다.

꽃봉투

매주 화요일이 되면 남편은 아침 일찍부터 서두르기 시작한다. 마치 정인情人이라도 만나러 가는 양 시쳇말로 때 빼고 광내고 향수까지 뿌린다. 살짝 놀려주려는 마음으로 "무엇이 그리 신이 나 치장을 해요?"라고 물으면 남편은 그냥 허허 웃으며 아무 말도 없이 서둘러 외출한다.

교직생활 40여년을 마치고 퇴직한 남편은 그동안 못했던 해외여행, 운동, 평생교육원, 못 만났던 사람들 만나기 등 시간이 없어 못해 보았던 일들을 하나씩 해보느라 신바람이 났다. 현직에 있을 때보다 더 바빠졌다. 저렇게 하고 싶은 일들이 많은데 어떻게 참고 교직생활에만 전념했을까를 생각하면 고맙고 감사하다. 항상 자신의 자리에서 최선을 다하며 생활했던 사람이기에 남편의 바깥나들이는 오히려 나를 편안하게 했다.

그리고 얼마가 지나자 취미생활을 할 만큼 한 것인지 우두커니 앉아 생각에 잠기는 시간이 많아졌다. "앞으로 남은 생을 무언가 뜻 있고 보람 있는 일을 할 수 없을까?" 남편의 뜬금없는 말에 나는 선뜻 대답을 할 수 없었다. 분명 남편도 지금까지 자신이 하고 싶은 일들을 찾아 바쁘게 움직이기는 했지만 개인을 위한 활동에 큰 위로를 받지 못하는 듯했다. 자칫하면 앞으로 무엇을 할 것인가에 빠져 외출도 미루고 고민만 할 경우 건강을 해칠 우려 때문에 마음을 졸이고 있는데 지인이 봉사활동을 한번 해보라고 권했다. 지인은 남편이 교사로 정년퇴직한 것을 알고 있었기 때문에 청주여자교도소 교정활동인 수용자 검정고시 반 수학과목 수업을 추천해 주었던 것이다. 처음 남편은 전공이 수학이긴 하여도 죄수들이 수감되어 있는 곳이라는 선입견 때문인지 고민하는 듯싶었다. 현직에 있을 때 학생들을 가르치는 일과는 갭(gap)이 있을 거라는 부담감이 앞서지 않았나 싶다. 사람이 살다보면 본의 아니게 실수도 할 수 있는 것이고 설령 의도적인 범죄 행위라 하여도 개과천선 할 수 있는 것 또한 인간의 본성이 아닌가. 이런저런 고민을 하던 남편은 어두운 면보다 미래의 밝은 면을 보기로 하고, 수학을 가르치는 것을 수락했다고 한다.

첫 수업을 하러 가는 날이었다. 잔뜩 긴장하며 나서는 남편을 보니 내심 걱정스럽기도 했다. 평생을 학생들을 가르치며 살아왔던 사람이 긴장을 한다는 것이 의아했지만 장소와 대상의 문제이기 때문일 것이라 생각했다.

교도소 정문으로 들어서니 삼엄하고 까다로운 절차를 거쳐 강의실에 입실 하였다는데, 직업의식 탓일까? 수용자단체복을 입은 재소자들을 보는 순간, 여자고등학교 교실에 들어온 것 같은 착각이 들더란다. 하여 앞으로 이 사람들은 재소자가 아닌 내 제자들이라 생각하고 편견 없는 수업을 하리라는 다짐을 하였다 한다. 간혹 짙은 화장을 하고 옆 사람과 소곤거리며 딴전을 부리는 사람도 있지만 학교를 다니지 못할 딱한 사정 때문에 배우지 못한 한을 풀고자 초, 중, 고, 국가검정고시를 준비하는 수용자들이 대부분이라는 것이다. 젊은 사람부터 나이든 사람까지 기초과정부터 시작한 수업이지만 향학열만은 일반 학생들과 다름이 없었다고 한다.

그렇게 시작한 수업이 올해로 6년째다. 그들을 대하면서 왜 이곳에 왔을까? 의문이 생겼어도 무언가 말 못할 사연이 있을 것이라는 생각이 미치자 연민마저 느껴진단다. 비록 일주일에 한 번, 두 시간의 짧은 수업이지만 쉬는 시간도 아까워 할 만큼 질문을 하며 성실하게 공부하는 수용자들의 태도를 보면서 마음이 뿌듯하였고, 검정고시에 합격했다며 감사인사를 하고 퇴소하는 사람을 보면 보람을 느낀다고 했다.

오늘따라 수업을 마치고 돌아오는 남편의 모습이 예전 같지 않다. 흥얼흥얼 콧노래까지 부른다. 무슨 좋은 일이라도 있냐는 듯 바라보는 내게 불쑥 감사장과 고운 꽃봉투 한 통을 건넨다. 이게 뭘까. 공연히 설레는 가슴으로 꽃봉투를 먼저 열어보았다. 그 속에는 스승의 날이라며 재소자들이 써준 편지가 한통 들어 있었다. 아! 오늘이 스승의 날이었구나. 그동안 남편은 학교에서 퇴직한 이후 스승의 날을 잊고 살았다. 찾아오는 학생들도 없었고 편지를 보내는 학생들도 보기 힘든 것이 요즈음 세태인데 재소자들에게서 이런 감사장과 편지를 받게 될 줄이야… 남편의 감사장에는 다음과 같이 적혀 있었다.

감사장

본 감사장은 오랜 시간 배움을 갈망하는 학생들을 위해 늘 아낌없이 베풀어 주신 수학 선생님께 드립니다.

각자의 실수와 시련의 굴곡으로 인해 사회와 잠시 단절된 이곳에 있는 수용자를 위해 그 어떤 색안경도 없이 지식을 습득하고 싶어 하는 학생으로 바라보아 주시는 배려와 시선에 감사드리며 수학에 자신감이 없는 학생에게 재미있고 이해하기 쉬운 방식으로 지도하여 주셔서 수학문제 하나하나를 스스로 풀어갈 수 있을 때마다 기쁨과 성취감을 느낍니다. 선생님의 도움의 손길은 배움 열정 꿈에 대한 희망을 가질 수 있도록 하여 주셨습니다. 감사합니다.

- 2018년 5월 15일 스승의 날에 올립니다.

남편이 수업을 하러 강의실로 들어서자 재소자들 모두 기립 박수를 친 뒤 '스승의 날' 노래를 불러 주었고, 반 대표가 읽은 감사장을 전달 받을 때의 기쁨은 이루 표현 할 길이 없었다고 자랑이다.

예쁜 색지에 조목조목 정성껏 쓴 감사장과 글 쓴 사람 자신의 또 한 통의 편지까지, 읽어 나가는 한 줄 한 줄이 나를 감동시켰다. 아니 할 말을 잊었다. 내용은 차치하더라도 수려한 문장뿐만이 아니라 단어 하나하나가 예사의 글 솜씨가 아니었기 때문이다. 나도 모르게 탄식이 절로 나왔다. 이리도 글을 잘 쓰는 사람이 어찌하여 그곳에 들어갔을까? 사람의 속마음은 알 수 없는 것이지만 안타깝다는 생각 밖에는 다른 표현을 할 길이 없었다. 남편이 수업을 다니며 "재소자들에게 연민마저 느껴진다."고 했던 말이 이제야 이해가 되었다.

나이 들어가며 내가 좋아 하는 일을 하며 산다는 것이 얼마나 행복한 일인가. 더구나 음지陰地에서 생활하는 사람들을 위하여 봉사할 수 있다는 것은 참으로 보람된 일이 아닐까. 건강이 허락하는 한 재능기부를 하겠다는 남편이 어느 날 "나 법무부장관상 탔다네!"라며 건네주던 표창장을 받은 나는 현직에 있을 때 받았던 그 어느 상보다도 으뜸상이라는 말로 격려를 아끼지 않았다.

자신이 가진 재주가 그 누군가에게 도움이 된다면 재능기부로 사회에 환원하는 것도 좋은 일이지 않겠는가, 나에게는 별 게 아닌 것이라도 타인에게는 인생을 바꿀 수 있는 기회가 될지도 모른다. 내가 아닌 타인을 위해 도움이 되는 삶이야말로 보람이고 활력이 될 수 있기에 남편이 시작한 제2의 교직생활이 꽃바람을 불러일으키며 예쁜 꽃봉투에 담기어 행복을 몰고 오는 것만 같았다.

일체유심조一切唯心造

대청댐 수위가 높아질 것을 대비하여 방류를 시작했단다. 장마철이면 수문을 활짝 열어 힘차게 쏟아내는 물줄기가 폭포를 이루어 장관이다. 댐에서 쏟아내는 폭포수의 장엄함을 감상하려는 사람들을 위해 정면을 볼 수 있는 공간도 설치해 놓았다. 드라이브 하는 차량이 늘어나고 잠시나마 관광명소가 되기도 한다.

나도 댐에서 방류되는 폭포수 구경을 나섰다. 마침 구룡산 현암사 가는 길목이다. 산의 경사가 심하여 입구에서 산중턱까지 철제 계단이 설치되어 있어 오르기가 수월하다. 댐이 생기기 전에는 마을에서부터 까마득히 먼 이 험한 산길을 걸어서 오르느라 얼마나 힘이 들었을까. 더구나 부처님 전에 올리는 공양물을 지게에 지거나 머리에 이고 힘겹게 올랐을 불자들의 정성을 생각하니, 내가 지금 편하게 오르는 발걸음이 그분들의 공덕이 아니었나 싶다.

계단을 오르니 산길로 이어지는 길 양옆에 울창하게 들어선 나무와 물기를 머금고 있는 풀냄새가 향기롭게 다가온다. 솔솔 불어오는 바람에 나뭇잎이 한들한들 춤을 추고 이름 모를 풀벌레들도 노래한다. 마치 합창이라도 하는 듯 여기저기서 다양한 노랫소리가 들린다. 지휘자가 없어도 자기들만의 노래를 뽐내며 쉴 줄도 모르고 장단을 맞춘다. 평지를 찾아 앉았다. 둘러보니 나무 틈새에 함초롬히 피어있는 야생화도 보인다. 서로 오순도순 이야기를 나누는 듯 정겹다. 관객에 지나지 않는 나지만 이 순간만큼은 나도 자연과 하나가 된 것만 같다.

산등성이를 따라 200여m를 더 오르자 좁은 공간에 지어진 현암사가 나타났다. 1,600년 전에 이 높고 험한 산중턱에 어떻게 이런 사찰을 건축할 수 있었을까? 아무리 살펴보아도 신기하기만 하다. 절벽에 매달려 있는 것 같은 암자. 일명 다람절이라 했던 명칭을 한자화하여 현암사懸巖寺라 부르게 되었다고 한다. 명산에서나 느낄 수 있는 청정한 공기와 수려한 경치에 고요하기까지 하니 이보다 더 수도처로서의 위치를 가진 장소도 드물 것이다.

산 아래 대청호반이 한눈에 내려다보인다. 수몰 전에는 수천 년 사람들의 채취가 어우러져 정을 나누었던 마을의 흔적이, 지금은 모두 수중에서 꿈을 꾸듯 추억만 피워내고 있을 것 같아 수몰민들의 비애가 느껴진다.

구룡산 정상으로 가는 길목에 오층석탑이 위용을 뽐내며 우뚝 서 있다. 송림松林에 싸여 중생들의 번뇌를 해탈에 이르도록 계도해 주었으면 하는 마음으로 합장하고 탑돌이를 하였다. 온갖 망상에 휘둘리는 내 마음을 비워보려 돌고 또 돌아본다. 연륜이 더해 갈수록 나를 내려놓고 주위를 돌아볼 줄 아는 혜안이 깊어질 줄 알았건만 어찌 좁은 소견에 이기심만 생기는 것인지 모르겠다. 삶에 대한 애착인지 집착인지 분간을 할 수 없으니 아직도 나는 어리석은 중생인가 보다.

불가의 스님들이 "복 지어라! 복 많이 지어 선업을 쌓아라!" 하는 말씀은 남에게 베풀며 선한 일을 많이 하라는 뜻이 아니겠는가. 그 공덕은 결국 현생의 나나 후생의 자손에게 되돌아온다는 것이다. 내세를 망라하여 더 넓은 세상을 보고 살아야 하거늘 한치 앞도 못 보고 사는 현실이 안타까울 뿐이다.

내려오는 길에 석탑 앞에서 스님을 만났다. 홀로 이 절을 지키고 계신다 한다. 차나 한잔하자고 하여 따라 들어가 손수 끓여주시는 차 공양을 받았다. 차 맛이 일품이다. 스님께 "방대한 경전의 이해가 참으로 어렵습니다. 또한 불자라는 생각을 하면서도 행동은 못 미치니 어찌해야 하나요?"라고 묻자 스님은 "어려운 경전에 연연하지 마세요. 일체유심조—切唯心造라고 했습니다. 모든 생각은 마음에서 일어나고 마음먹기에 달렸으니 마음이 곧 부처요, 부처님 마음으로 살아간다면 불자이지요."라고 하신다.

생각이 마음에서 일어난다면 이 마음은 무엇일까? 마음대로 되지 않는 마음이 알 듯도 하고 모를 듯도 한 명제 앞에서 의문만 남으니 나는 수행공덕이 부족한 범부란 말인가. 다시금 묵언으로 마음을 정리해 본다.

　오후에 시작했던 산행이 스님과의 선문답으로 이어져 어스름이 찾아올 즈음 마무리되었다. 너무 시간이 지체되어 험한 산길을 어둡기 전에 내려가야 할 것 같았다. 자리를 털고 일어나자 스님도 내려가는 길이 걱정이 되셨던지 하산을 서두르라고 하시며 "세상만사 인과응보니 범사에 감사하며 공덕을 쌓으세요!"라는 당부와 함께 "성불 하십시오"하고 돌아서신다. 스님의 말씀이 귓전에 와 닿아 마치 부처님 말씀처럼 구룡산의 메아리가 되어 울려 퍼지는 듯했다.

　불시에 찾은 산사이지만 자신을 돌아보며 어떻게 살아야 하는가를 생각해 보는 소중한 시간이 되었다.

동명이인同名異人

사람이 출생하여 생을 다할 때까지 호칭으로 부르는 이름 석 자. 얼굴이 천차만별 이듯 이름도 다양하다. 저마다 태어날 때 조부님이나 부모님이 앞으로 세상을 살아가면서 귀하게 쓰라고 지어주는 이름이지만 내 의사와는 상관없이 이름을 갖게 된다. 아름다운 이름, 어렵거나 쉬운 이름, 한글이름, 종교에 따라 세례명, 불명을 사용하는가 하면 외래어로 지은 이름도 있다. 생면부지의 사람이라 해도 이름을 먼저 대하면 그 사람이 어떤 사람일까 상상하게 된다. 이름과 잘 어울리는 사람이 있는가 하면 외모나 인품과는 전혀 다른 이름일 수도 있다.

이름은 그 사람을 대변해 주는 중요한 요소이다. 듣기만 해도 아! 그 사람, 할 수 있는 사람이 있고, 이름 자체만으로도 얼굴을 찌푸리게 하는 사람도 있다. 학교에 다닐 때는 이름에 따라 별명도 생기고, 놀림거리가 되기도 했다. 놀림을 당하는 사람은 이름을 바꾸고 싶었을 것이나 처음출생신고 한 한자 이름을 개명하기가 쉽지 않았다. 근래에 와서야 위화감을 주거나 개인의 사유에 따라 개명할 수 있는 편리한 세상이다.

이름도 유행을 따라가는 것일까. 손주가 태어난 후 유명하다는 작명소를 찾아가 이름을 지어주었다. 귀한이름으로 지었다고 생각했건만 손주가 다니는 소아과에 같은 이름의 아이가 열 한 명이나 있단다. 개인의 사주와 배경 등 여러 가지 요소를 감안하여 잘 지었다고 생각하였지만 같은 이름이 많다는 것은 작명소에서도 현대에 맞는 인기 있는 이름으로 지어 주는 게 아닌가 싶다.

문학회 모임 자리에서 지인 한 분이 누가 이름을 지어주었느냐고 넌지시 묻는다. 의아해 하는 내게 성명이 같은 사람을 알고 있어서란다. 뜻밖이었다. 나와 동명이인이 있다는 말을 처음 들었기 때문이다.

나는 6·25전쟁이 발발하고 한 달 뒤 세째 딸로 태어났다. 늦은 결혼을 하신 부모님이 첫딸을 낳은 후 태기가 없자 어머니는 몸에 좋다는 온갖 약을 다 구해먹고 칠성님 전에 기도 드려 5년 만에 아들(내게 오빠)을 낳았다. 아들의 탄생은 온 집안에 경사였다. 그런데 그 아들이 세 살 때 펄펄 끓는 약탕관을 뒤집어쓰는 바람에 병을 얻어 제 구실을 못하겠다 싶었으니 그 안타까움을 어찌 말로 표현할 수가 있었을까.

다행히 치료가 잘되어 잘 자랐다고 한다. 남아선호 사상이 뿌리 박혀 있던 시절이라 또 손자를 바라던 조부님은 첫 손녀 뒤에 손자를 보시고 내 위로 언니와 나, 이렇게 손녀딸을 셋이나 보자 매우 섭섭하였었나 보다. 내가 태어났을 때 대문에 거는 금줄조차 걸어 주지 않았단다. 그 후 내 밑으로 남동생이 태어나니 크게 기뻐하시며 남동생 본 손녀딸이라고 정작 아들 손자보다도 나를 더 귀히 여겨 주셨던 것 같다. 장날이면 호박엿이나 눈깔사탕을 사다 슬쩍 내 손에 쥐어주셨다. 장에 가시는 날이면 동구 밖에 나가 이제나 저제나 기다리곤 하였던 추억이 아련하다.

이름이 촌스러워 싫다고 투정을 부리면 "너는 난리 날 때 출생했으니 난순이라는 이름이 맞는 거여!" 하시며 내가 태어났을 때의 이야기를 들려주시곤 하였다.

내가 태어났을 때는 북한군이 한창 쳐들어오는 중이라 모두 피난을 떠나야만 했단다. 그런데 막 태어난 신생아인 나를 데려 갈 수도 아니 데려 갈 수도 없었으니 얼마나 애간장이 탔을까. 집안 어른들이 상의 한 끝에 명이 짧으면 죽을 것이고 명이 길면 살 것이니 안방 아랫목에 뉘어 놓고 가기로 하였단다. 피난처로는 마을에서 삼십 여리 떨어진 산속에 일제 강점기 때 일본군이 무기저장고로 사용했던 동굴 속으로 가게 되었다. 소달구지에 짐을 싣고 큰아이는 걸리고 작은 아이는 업고 떠날 때, 갓난아기를 떼어놓고 가야하는 어머니 심정이 어떠하였을까. 죽을지도 모르는데 자식을 놓아두고 떠나야 했던 부모님의 심정은 말로 표현할 수 없는 가슴 찢어지는 슬픔이었으리라.

한바탕 폭격이 쏟아지다 잠잠해져 동네로 돌아와 보니 이웃집들은 거의 다 불타 잿더미가 되었고 말 그대로 아수라장이 되어 있었다고 한다. 부모님도 너무 놀라 헐레벌떡 뛰어 집으로 돌아오니 다행히 우리 집만은 그대로 멀쩡했더란다. 부모님은 너무 가슴이 타서 한걸음에 안방으로 들어가 보니 아랫목에서 내가 방실방실 웃고 있었다고 한다. "너는 명이 길은 자식이구나!" 하며 어머니의 눈에서는 하염없이 눈물이 흘렀다고 한다. 그 폭격에 포탄이 용케 우리 집에 떨어지지 않아 내가 살아난 것이 너무너무 감사했단다. 만약 그때 기적이 일어나지 않아 내가 잘못되었다면 평생 부모님은 가슴에 대못이 박히고 평생 죄인처럼 살아가셨을 지도 모른다고 가끔 회고 하신다.

민족상잔의 비극 6·25, 이맘때가 되면 감회가 새롭다. 그 치열했던 전쟁터에서 싸우다 죽어간 젊은 청년들, 오랑캐들을 피해 남쪽으로 내려온 피난민들, 끝내 북쪽의 고향으로 돌아가지 못하고 살아가는 실향민들의 한恨은 어찌할까. 통일의 그 날을 염원하는 이산가족들의 만남은 또 언제 이루어질 수 있을지. 통일은 민족의 숙원인 것이다.

전쟁 중에 태어나 살아남은 나는 유년시절을 가난 속에서 지냈다. 어디 나 뿐일까. 전쟁이 쓸고 간 폐허 속에서 입을 것 먹을 것

부족하여 하루 한 끼도 먹지 못하는 아이들을 위해 학교 급식소에서 나누어 주던 옥분 죽과 우유 한 컵은 배고픈 아이들의 생명줄이었다.

비록 난리가 났을 때 태어났다고 하여 이름을 '난순'이라 하였어도 한자로 쓰면 사군자인 '난초 란蘭'에 '순할 순順'을 쓴다. 이는 조부님이 난蘭꽃처럼 아름답고 기품 있는 여인으로 유순하게 잘 크라는 뜻으로 지어 주셨다고 한다.

불현 듯 내 이름을 인터넷에서 찾아보았다. 동명이인이 2명이다. 한사람은 대전에 거주하는 현직 공무원이었고, 한사람은 푸른솔문인협회 회원으로 기록되어 있다. 또 한 사람의 동명이인이 가까운 곳에 살고 있다는 사실을 알고 나니 누구인지 궁금해진다. 그 사람도 나처럼 전쟁 통에 태어나 난순이라고 지은 것일까? 지인이 말했던 동명이인이라는 사람이 누구인지 더욱 궁금하다.

법주사 산사 축제

　속리산 법주사 오리 숲길로 들어섰다. 연녹색 잎새들이 바람에
살랑거리는 사이로 줄이어 달아놓은 연등이 오는 이들을 맞이한다.
부처님 탄신 봉축 연등이다.

　'경축 속리산 법주사 세계문화유산 등재'라고 쓴 현수막이 발길을
잡았다. 우리 지방의 천년 고찰인 법주사가 세계문화유산으로 등재
된 것을 축하하는 현수막인 듯하다. 법주사를 세계만방에 알릴 수
있는 축복받은 경사가 아닌가. 여기저기 외국인들의 모습도 쉽게
볼 수 있었다. 세계문화유산인 법주사를 찾은 기념을 간직하기 위
하여 경내를 돌며 사진촬영을 하는 것 같다. 앞으로도 많은 관광객
들이 이곳을 찾아 우리 문화유산을 보고 대한민국의 역사적 향기에
감격할지 모른다. 국가는 작지만 문화적 우수성은 어느 민족에게도
뒤처지지 않는다는 사실을 배우고 돌아가기를 바래본다.

나 또한 적을 두고 다니는 사찰에서 오전 법요식을 마친 후 점등식을 보려고 느지막이 나선 길이다.

해님도 부처님 탄신일을 봉축하고 돌아가는 것일까. 대웅전 앞마당에 설치해 놓은 제단의 아기부처상에 일몰이 반사되어 찬란하다. 온 누리에 부처님의 자비광명이 퍼져나가는 듯하다. 나도 부처님의 자비로우심으로 세상에 항상 평화가 함께 하길 기원하는 마음으로 관불의식을 한 후 경내의 법당을 두루 돌며 참배하였다.

참배를 마치고 잠시 쉬려고 보리수나무 아래 의자에 앉았다. 무심코 올려다 본 하늘에 떠 있는 초승달이 선명하여 오늘따라 아름답게 보인다. 하늘과 땅에 존재하는 온갖 만물마저도 부처님 탄신일을 축복하는 것만 같아 마음이 뿌듯해졌다.

상념에 빠져있을 때 지나가던 지인이 저녁공양을 하러가자고 손을 잡는다. 유명사찰의 규모에 비해 조촐한 공양간이지만 정갈했다. 나물반찬 몇 가지에 된장국 한 그릇의 소박한 음식이었지만 부처님이 주신 공양이라고 생각하니 밥 한 수저, 반찬 한 젓가락도 소중하게 가슴에 닿는다. 누군가의 공양으로 이 저녁이 나에게로 온 것이 아니겠는가. 작은 소찬이지만 감사한 마음으로 식사를 하였다.

둥~ 두~둥~ 둥~ 둥~ 둥~ 저녁예불을 알리는 법고소리가 선율이 되어 경내에 울려 퍼진다. 법주사 세계문화유산등재 감사 예불의 서막을 알리는 북소리가 삼라만상을 깨우며, 깨달음을 주신 부처님의 가르침에 함께하자고 재촉하는 듯하다. 부처님의 가피로 이루어진 축복이리라. 그리고 이를 소중하게 여기고 보살피며 보존해온 역대 고승들의 노력이 오늘의 영광을 만들어 냈을 것이다.

점등식 준비를 하는 동안 너도나도 오색풍선에 소망을 담아 날린다. 나도 심중에 있는 소망하나를 풍선에 적어 날려 보냈다. 하늘 높이 올라가는 수많은 풍선들은 어떤 사연들을 담았을까? 자신이 이루고 싶은 꿈이나 건강 가족의 행복을 축원하는 염원이 담기지 않았을까? 그리고 누군가의 소원에는 우리나라의 국태민안과 한반도의 평화통일을 담았을지 모른다. 하늘을 수놓았던 고운 풍선들이 차츰 시야에서 멀어져 간다. 뭇 중생들의 온갖 고통과 고뇌를 모두 가져가겠다는 듯 더 높은 하늘 속으로 올라가더니 점점이 사라져갔다. 모두 천상으로 올라갔으면 좋겠다. 사람들이 적어 놓은 수많은 사연과 소망들이 이루어지길 바래본다.

주지스님이 하나! 둘! 셋! 구령을 외치자 동시에 산사에 달아 놓았던 모든 연등과 수많은 사람들이 들고 있던 등불이 일제히 불을 밝혔다. 어둠에 물들어 산사가 다시금 밝은 대낮처럼 환해졌다. 경내를 굽어 살피며 지긋이 내려다보고 있는 거대한 청동부처님은 아무런 말도 없이 입가에 자비의 미소만 짓고 계신다.

스님들이 염불을 외우며 경내를 빠져 나와 오리 숲길로 길잡이를 한다. 뒤를 이어 마을 풍물패가 풍악을 울리며 따르고, 모여 있던 사람들도 누가 먼저랄 것도 없이 제등행렬이 되어 줄을 이었다. 어둠이 내려오면 올수록 수많은 사람들의 손에 들려진 등불은 더 환하게 발길을 밝힌다. 관세음보살~ 관세음보살~ 염불소리가 합창이 되어 어둠속 숲속의 고요를 깨운다. 숲속에서 제 세상을 만나 즐겁게 노래하던 풀벌레들도 놀랐는지 울음을 멈추더니 이내 염불소리에 동화되어 하모니를 이루며 노래를 한다. 성스러운 밤이 어둠을 밀어내며 속리산자락에 밀려들었다.

염불을 외며 한 발 한 발 걷는 발걸음이 나를 뒤돌아보게 한다. 태어나 순진무구했던 유년시절도, 꿈을 키우던 소녀시절도, 마음하나면 모든 것을 이룰 수 있을 것이라고 객기를 부리던 청춘도, 일가를 이루어 열심히 살았던 내 인생이 파노라마처럼 스쳐간다. 되짚어보면 사람 사는 인생사에 희로애락과 굴곡이 어찌 없을 수 있겠는가. 그래도 내 인생의 순례 길은 그나마 너무 굴곡지거나 깊게 상처받을 정도로 편차 없이 순리대로 살아오지 않았나 싶다. 인생무상이라고도 하지만 돌이켜보니 무사 무탈하게 살아온 세월이 아니었나 싶어 감사하다. 모두가 부처님 가피였음을 다시 한 번 깨닫게 된다.

이 생각 저 생각을 하며 걷다보니 앞장 서 가시던 스님들이 상가가 있는 마을 중간에 설치한 가상 탑 앞에서 탑돌이를 하고 계신다. 등불을 든 모든 사람들의 행렬도 탑돌이를 한 후 광장에 설치한 빛 축제 현장에서 멈추어 섰다. 법주사세계문화유산 축하 빛 축제가 시작 되었다. 진행요원들의 팡파르 속에 하늘을 향해 쏘아 올리는 온갖 모양의 휘황찬란한 빛이 하늘을 수놓는다. 극락세계가 있다면 바로 이와 같지 않을까? 그렇다면 지금 이 자리가 극락이리라.

헤어지기가 아쉬워 방금 현란하게 수놓았던 빈 하늘을 보고 있는 사람들에게 주지 스님이 한 말씀 하신다. "오늘 오신 축하객들 감사합니다. 여기 우리의 전통음료 막걸리가 준비 되었으니 한 잔씩 드시고 가세요! 술이 아닙니다. 곡차입니다. 허! 허! 허!~" 주지 스님의 맑고 청량한 웃음소리가 속리산 자락에 메아리가 되어 울린다. 덩달아 내 마음도 환희에 차올라 행복한 밤이었다.

융프라우요흐(jungfraujoch)

인천공항에서 프랑스행 비행기를 타고 장시간 가야하는 먼 여정의 서유럽여행은 시차와 음식 때문에 고생스러웠어도 많은 감동을 받은 여행길이다. 방대한 유적지와 유물, 박물관, 시가지풍경, 각양각색의 사람들이 살아가는 모습이 아시아 지역과는 사뭇 다른 문화다. 도시 중심가도 수백 년은 넘었을 것만 같은 복고풍 건물들이 대부분이었고 주택 역시 상가의 위층에 지어졌다. 비좁은 골목 때문인지 대형차보다는 소형승용차들이 빽빽하게 주차되어 있다. 부의 상징인 양 넓은 평수의 고층 아파트에 대형차를 선호하는 한국의 정서와는 달리 검소해 보인다.

여행자의 로망이라고 말한다는 아름다운 나라 스위스 알프스산맥 융프라우요흐. 언젠가는 꼭 한 번 다녀오리라 계획했던 곳 중 하나였다. 때문에 긴 비행시간도 시차도 견딜 수 있었다. 프랑스 파리에 도착한 후 리용 역에서 떼제베(T.G.V)를 타고 국경을 넘어 스위스 제네바에 도착하였다. 제네바는 각종 국제기구들이 위치한 곳으로서 반기문 UN사무총장이 근무하던 곳이라 더 관심이 가는 도시였다. 세계대통령이라 불리는 UN사무총장이 한국인이라는 사실이 얼마나 기분 좋게 내 어깨를 으쓱하도록 했는지 모른다. 국력이란 이런 위치에서도 느껴볼 수 있는 것인가 보다.

인터라켄으로 향하는 동안 차창에 스치는 아름다운 호수가 햇볕에 반사되어 보석처럼 빛나고 끝없이 펼쳐진 초원에서 소들은 평화롭게 풀을 뜯고 있다. 우리나라에서 기르는 토종 누런 황소나 젖소로 기르는 검은 얼룩소와는 다르게 색깔이 모두 하얗다. 마치 소가 아니라 양떼가 모여 있는 것 같이 보인다.

인터라켄은 거리마다 노천카페에서 음식을 놓고 담소를 나누는 사람들과 와인 잔을 부딪치며 축배를 드는 모습이 이색적이다. 우리 일행도 스위스의 전통음식인 퐁뒤(끓는 기름에 꼬치로 끼운 생고기 조각을 익혀서 여러 가지 소스[sauce]에 찍어 먹는 요리)의 식사를 하였지만 내 입맛에는 맞지 않았다. 가이드의 안내로 시계 매장에 들어선 관광객들의 눈이 휘둥그레졌다. 세계적으로 유명한 스위스명품시계를 기념으로 사야한다고 야단들이다. 명품이 도대체 무엇이기에 거금의 외화를 낭비하는 것인지 마음이 씁쓸했다.

목적지인 융프라우로 가기 위해 다시 기차를 타고 알프스 산줄기를 따라 올라갔다. 안으로 깊숙이 들어갈수록 집이나 건물이 산중턱에 위치해 있다. 삼각지붕의 통나무집인 전통가옥의 목가적 풍경이 영화 속의 장면을 연상케 한다. 순간 1965년에 제작된 고전 뮤지컬 영화 '사운드 오브 뮤직(The Sound of Music)'에서 열연했던 마리아(줄리 앤드류스)와 여섯 아이들이 부르던 세상에서 가장 아름다운 하모니로 칭송받았던 청아한 목소리의 요들송이 들려오는 것만 같았다.

늦은 오후 도착한 융프라우 벤겐 마을에 도착했다. 굽이굽이 협곡을 끼고 들어 온 깊은 산속에 폭 안긴 것 같은 평화로운 마을이다. 회색빛 어둠이 내리고 산꼭대기 여기저기서 흘러내리는 장엄한 폭포소리의 여운이 속세가 아닌 듯 환상의 세계처럼 신비롭게 느껴졌다. 호텔의 숙소 또한 귀족들이 생활했을 것만 같은 분위기다. 침실의 커튼은 물론 복고풍가구와 집기들이 고급스러움을 더했고, 중세유럽의 귀족들이 생활하였을 것 같은 우아함을 가지고 있었다.

이 밤이 지나면 떠나야 한다는 아쉬움에 거리로 나와 보니 여행객들이 가로등 불빛 속을 거닐기도 하고, 멋진 분위기의 와인 바에서 감미로운 음악을 들으며 담소를 즐기는 모습은 참으로 낭만적이다. 고조되는 여행지에서의 설레는 마음에 잠 못 이룬 이국에서의 밤이 아니었나 싶다.

이튿날 새벽 이름 모를 새들의 지저귀는 소리에 눈을 떴다. 창문을 여니 폐부로 거침없이 스며드는 시리도록 맑고 신선한 아침 공기가 상쾌하다. 마을주변 알프스 산 능선의 기암괴석들은 또 얼마나 수려하던지. 오락가락하는 구름안개에 가려져 일출의 광경은 볼 수 없었으나 여행객들이 산책로를 걷는 여유로운 모습은 편안하고 여유로운 모습이다. 아침 산책길을 선호하는 모습은 동서양이 따로

없나보다. 우리 내외도 아침 산책길을 걸으며 자연의 정취에 흠뻑
젖어 보았다. 이 아름다운 세상에서 차갑지만 상쾌한 공기를 호흡
하며 걷는 것이 얼마나 복 받은 행운인가.

유럽의 지붕이라고 불리는 융프라흐요흐는 유네스코 세계문화유
산으로 지정된 해발 3,454m나 되는 고지대다. 거친 산세임에도 융
프라우요흐를 '여인을 상징하는 아름다운 봉우리! 또는 젊은 처녀
의 어깨!'라고도 하고 혹은 '둔부'를 뜻하기도 한다고 하니 아이러
니하다. 아마도 이 산을 본 사람들이 거친 알프스의 산세 중에서 융
프라흐요흐가 조금은 덜 험하고 곡선을 가지고 있어 그런 묘사를
한 것이 아니가 생각된다.

종착지를 향해 톱니바퀴로 굴러가는 산악열차를 타고 가파른 산
을 오르는 동안은 말로 표현하기 어려울 정도로 황홀했다. 마치 천
국행 열차를 탄 기분이라고나 할까? 아래를 내려다보면 아슬아슬
하여도 푸른 초원에 이름 모를 야생화들이 초원을 가득 메웠고, 하
늘대는 꽃송이 하나하나가 청초하게 다가왔다. 강열한 햇볕이 내려
쪼이다가도 갑자기 먹구름이 몰려오며 찬바람이 휘몰아치기도 하
는 여름과 겨울이 공존하는 세상이다.

드디어 도착한 융프라우요흐 정거장 로비에서 터널 속으로 걸어
가 유럽 최대의 알레치 얼음동굴(일명 얼음궁전)로 들어섰다. 동굴은
빙하 30m 아래에 인공으로 만들어졌다고 한다. 영하 2도로 과히 차
갑게 느껴지지 않았던 동굴 내부는 천장이 아치 모양으로 손을 뻗

으면 금방이라도 닿을 것만 같았다. 어느 예술가의 손결에 의하여 탄생된 것일까. 왜 이런 동굴을 만들었을까. 예술을 사랑하는 조각가는 자신의 형상과 야생동물을 조각해 놓았다. 하얀 얼음조각상은 새롭게 색색의 조명이 가미되면서 환상적인 모습으로 탈바꿈했다. 만지면 쉽게 깨질 것 같은 얼음이 고도로 숙련된 예술가의 손을 빌어 화려하면서도 아름다운 공예품으로 새롭게 생명을 얻게 되었다. 단순한 얼음이 작가의 상상력과 결합하여 탄생한 예술작품이 보는 이들을 환호하게 한다.

관람 후 초고속 엘리베이터를 타고 스핑크스전망대에 올랐다. 눈앞에 파노라마처럼 펼쳐지는 하얀 세상이 눈부시다. 구름위로 올라온 알프스영봉은 파란 하늘과 맞닿을 듯하고, 가까이에서 대하는 웅장한 만년설의 자태는 탄성이 저절로 나올 정도로 경관이 아름다웠다. 자연이 만들어 내고 지켜온 세상, 바람이 너무 거세어 몸을 가누기가 힘들었지만 모두 뛰어나가 눈을 밟는다. 언제 다시 이곳을 볼 수 있을까. 가져갈 수 없으니 만지고 느껴보고 싶었다. 눈 속에 누워보기도 하고, 만세를 부르기도 하면서 유년시절 눈 속에서 뒹굴던 느낌을 만끽해 본다. 시공이 다르더라도 내 가슴에 다가오는 매력은 같았다. 내 몸이 성숙하고 안 하고의 문제가 아니었고, 우리나라와 스위스라는 국경의 한계도 아니었다. 오직 눈이라는 동일체에 마음을 빼앗긴 것은 시공을 떠나 풋풋하고 아름다운 동화 속 그리움 그 하나였다.

세계에서 가장 높은 곳에 위치한 스핑크스 전망대는 아주 느린

속도로 360도 회전을 한다. 그곳에는 관광안내소와 우체국 그리고 허기를 달래려는 사람들을 위한 레스토랑도 있다. 이곳에서도 인기 있는 메뉴 중 하나가 우리 라면이다. "코리아 컵라면 원더풀"이라고 하는 유럽인들의 말에 우리도 한국에서 언제나 먹을 수 있었던 컵 라면을 시켰다. 스핑크스 전망대에서 먹었던 컵라면의 맛은 또 다른 맛으로 기억된다. 같은 음식이라도 그 위치가 어디냐에 따라 맛도 달라지나 보다. 정신없이 컵라면에 열중하다가 일행을 놓쳐버려 우왕좌왕 하였지만 스위스 만년설을 바라보며 먹었던 컵라면이 그리 맛있는 줄을 그 누가 알았겠는가.

아름다운 만년설이 뒤덮인 융프라우요흐에 매료되어 떨어지지 않는 발걸음을 옮기려하니 못내 아쉽다. 스치고 가는 바람처럼 내 흔적이 이곳에 얼마나 각인되어 있으려나. 언제 다시 이곳을 그리며 재회를 기약하고, 그리운 사람과 찾을 수 있을지. 누군가는 융프라우요흐에 오르지 않고는 스위스를 말하지 말라고 했다고 하는데 정말 내 기억에도 오래도록 남을 긴 여운이 남는 여행길이 되었다. 그토록 선망하였던 아름다운 나라 스위스 여행은 내 인생에 영원히 잊어지지 않을 추억의 한 페이지가 되었고, 나는 다시 그 아름다운 추억속의 기억을 타고 날아가고 싶은 꿈을 꾸고 있다.

전설이 깃든 청평사

어디를 둘러봐도 만산홍엽이 아름다운 계절 가을이다. 가을을 타는 나무들은 벌써 예쁜 색동옷으로 치장을 하고 맵시를 뽐내고 있다. 한가롭게 산책을 하며 둘러볼 사찰을 찾다가 청평사로 행했다.

청평사는 고려 광종24년(973) 영현스님이 백암선원으로 창건 후, 폐사가 되었다가 1068년(문종 22) 이의李顗가 중건하고 보현원普賢院이라 하였다. 1089년(선종 6) 이의의 아들인 이자현李資玄이 벼슬을 버리고 이곳에 은거하자 도적이 없어지고 호랑이와 이리가 자취를 감추었다고 한다. 이에 산 이름을 청평淸平이라 하고 절 이름을 문수원文殊院이라 부르다가 1550년 보우 스님이 크게 중건하여 청평사라 불렀다한다.

청평사 입구에 들어서니 만추의 가을이 여기도 깊숙이 자리하고 있다. 일찍 색동옷을 입었던 나무들은 홍엽을 우수수 쏟아낸다. 바람에 흩어져 어지럽게 나부끼며 도로를 덮고 내 발밑에도 떨어진다. 융단을 깔아 놓은 것처럼 아름다운 길을 자연의 향기에 취해 사각사각 낙엽을 밟으며 걷는 나는 가을여인이 된다. 물 흐르는 소리에 귀 기울이며 오르는 길을 따라 계곡도 함께 가잖다. 물이 나를 따라오는 것인지 내가 물을 따라가는 것인지 물소리와 함께 걷는 내 발걸음도 경쾌하다.

　계곡을 따라 오르는 곳에 동상이 살포시 앉아있다. 공주를 휘감고 있는 상사뱀의 전설이 깃든 동상이다. 여기에는 슬픈 전설이 서려있다고 한다. '옛날 당나라에 공주를 사모하다 죽은 청년의 혼이 상사뱀으로 변하여 사모하던 공주의 몸을 감고 떨어지지 않고 있었단다. 신라의 청평사가 영험하다는 소문을 듣고 청평사를 찾아온 공주는 청평사 입구에서 뱀에게 절에서 밥을 얻어가지고 오겠으니 잠시 풀어달라고 애원하였고, 뱀은 공주의 말을 믿고 풀어주었다고 한다. 그러나 절로 들어간 공주는 나오지 않았고, 공주를 기다리다 지친 상사뱀이 공주를 찾으러 청평사로 들어가려고 절문(회전문)에 들어서는 순간 폭우와 함께 하늘에서 벼락이 떨어져 상사뱀이 맞아 죽고 말았단다. 상사뱀이 죽어서 떠내려 오는 것을 본 공주는 상사뱀이 가련하다는 생각에 정성껏 묻어주고 구성폭포 위에 청년의 혼을 위로하는 석탑을 세운 후 귀국하였다고 한다.
　전해오는 전설이라지만 젊은 청년의 사랑이 얼마나 애절하고 지고지순하였기에 죽은 혼이 뱀이 되어서까지 사랑하는 사람을 감싸 안고 죽음을 불사할 수 있었을까. 이러한 사랑을 진정 고귀한 사랑 이라고 할 수 있을까. 아니면 사랑의 굴레에서 벗어나지 못하는 집 착이 빚은 악연일까. 보기에 따라 다를 수는 있겠으나 못다 이룬 사 랑이 그 청년에게는 고귀한 사랑이었을 것이다. 요즘 젊은이들처럼 쉽게 만나 사랑하고, 사랑이 식으면 미련 없이 헤어지는 사랑은 아 닌 듯싶다.

조금 오르니 거북바위가 떡 버티고 서서 나를 맞이한다. 폭포에 서 떨어지는 물소리가 시원함을 넘어 서늘하다. 이 폭포는 참선하 는 사람의 마음가짐에 따라 아홉 가지의 소리로 들린다 해서 구성 폭포라고 한단다. 나도 가만히 폭포소리를 들으며 앉아보았다. 내 가 셀 수 있는 소리는 아홉 가지가 아니라 한 가지 소리 밖에 들리 지 않는다. 득도하지 못한 탓이리라. 이곳에 앉아 도를 득했을 선승 들은 폭포에서 쏟아지는 물소리에서 중생의 번뇌를 씻고 부처님의 자비로우신 은혜에 귀의하여 해탈의 경지에 들어서지 않았을까. 그 분들이 만들고 싶었던 정토의 세상이 빨리 도래하기를 빌어본다.

산굽이를 돌아가는 길목마다 형형색색의 단풍이 절경을 이루고 있다. 바라보는 눈이, 살포시 밟히는 낙엽을 걷는 발이, 경치의 아 름다움에 취한 가슴이 호사를 누린다. 절 가까이에 이르니 아담한 연못이 보인다. 물위에 동동 떠다니는 단풍잎이 하도 고와 물속을 들여다 보았다. 거울처럼 투명한 물속에 비치는 여인의 모습이 낯설다. 왜 낯설어 보이는 것일까. 젊은 날의 풋풋함은 다 어디로 갔을까? 분명 내 모습임에는 틀림없지만 중년의 고개를 넘어가고 있는 내 모습을 보니 마음이 서글퍼진다. 흐르는 세월을 어찌 막을 수 있으리. 인생무상이 느껴질 뿐이다.

계단을 오르니 회전문이다. 회전문이라 하여 움직이며 돌아가는 문이 아니다. '공주와 상사뱀' 전설에 나오는 뱀이 이 문을 돌아나갔다고 해서 붙여진 이름이란다. 어쩌면 우리네 인생이 돌고 돌아가는 윤회사상에서 비롯된 것처럼 중생들에게 전생을 깨우치기 위한 마음의 문은 아닐 런지…….

회전문으로 들어가니 양옆 회랑에 빼곡히 연등이 달려 있다. 울긋불긋 색색의 고운 등에는 수험생의 합격을 소망하는 글이 붙은 등, 무병장수를 비는 등, 결혼 성취 발원이나 자식들의 행복을 기원하는 부모의 정성스런 등도 있다. 부처님의 가피를 받고 싶어 하는 중생들이 각자의 사연들을 연등 속에 가득 담아 걸어 두었다. 모두 원하는 소원들이 성취되기를 나도 마음속으로 빌어 보았다.

이 세상에 올 때는 아무것도 걸치지 못하고 태어나, 세상을 떠날 때 고운 옷 한 벌 잘 맞춰 입고 떠나니 얼마나 큰 복이 아닌가. 욕심도 다 부질없고 욕망도 다 부질없는 것임에도 왜 우리는 살면서 그런 욕심을 훌훌 날려버리지 못하고 살았을까. 무엇을 하든 나를 먼저 앞세우고 살았던 세월이었던 것 같다. 누군가에게 미안해하며 살았다면 또한 나에게 욕심이 있었기 때문이리라. 회랑을 나와 경운루에서 합장하고 마음을 가다듬었다. 고즈넉한 도량에 천년고찰의 고고한 숨결이 느껴진다. 오봉산자락이 나를 포근히 감싸 안아 주었다.

횡재수 橫財數

누구나 한 번 쯤은 요행이나 횡재를 바라는 마음이 있을 듯싶다. 그러나 아무리 살펴보아도 내 주변에는 횡재한 사람이 없으니 횡재는 그저 횡재일 뿐이라고 생각했었다. 서두부터 웬 횡재타령인가 할 수도 있겠으나 돼지꿈을 꾼 것도 아니고 꿈에 조상님이 나타나 현몽現夢을 한 것도 아니건만 내가 얼떨결에 횡재의 주인공이 된 것 같아서이다.

물건을 구입할 때, 마음에 드는 점포를 정해 놓고 거래를 하여 단골손님 대접을 받는다. 백화점 여성복코너도 그중 한곳으로 주인이 용모가 단정하고 센스가 있어 내 취향에 맞는 옷을 권해주기도 하여 인정도 함께 나누는 관계다. 이번엔 전례에 없는 바겐세일(bargain sale) 경품행사 기간이니 필히 응모해 보라는 문자를 받았다. 값비싼 옷을 계절마다 구입하는 것도 아니고 경품에 대한 신뢰는 없었으나 눈요기도 할 겸 살펴보니 각 메이커마다 좋은 옷들이 쌓여 있다. 예전에는 모든 물자가 귀하여 옷 한 벌 구입하면 낡아 떨어져 기워서까지 입지 않았던가.

잊어지지 않는 것은 여학교 때 언니가 새 교복을 맞춰 입으면 다음엔 내가 입었고 또 동생에게까지 물려주었던 시절을 생각하니 격세지감이 느껴진다.

아무리 경재가 어렵다 하여도 입을 것이 많고 먹을 것이 지천이니 참으로 살기 좋은 세상이긴 하다. 이 옷 저 옷 구경도 하며 유행 타지 않고 입을 것 같은 옷을 반값으로 구입하면서 경품 추첨권을 써냈던 것이다.

까맣게 잊고 지내던 어느 날, 서해바다 여행 중 일출과 일몰을 볼 수 있는 '꽃지 해수욕장' 해변가에 숙소를 정하고 젊을 시절 남편과 연애하던 때의 추억을 떠올리며 백사장을 거닐고 있었다. 그날따라 수평선 너머로 드리우는 석양의 정취가 어찌나 아름다운지 처연함마저 느껴지는 것은 황혼에 접어든 인생길의 감회일까. 온갖 상념에 젖어 있는데 갑자기 휴대폰이 울린다.

"여기 ㅎ백화점 총무과입니다. ○○○ 씨 본인이십니까?"

"네"

"축하합니다. 일등에 당첨 되셨습니다. 신분증 지참하시고 ○○일까지 경품권 받아 가십시오."라며 신원확인을 위한 몇 가지 질문을 한 뒤 전화는 끊어졌다.

일등 당첨이라! 도무지 믿어지지 않는다. 요즘 각박한 세상인심에 황당한 사건을 만들어 현금을 인출해 가는 보이스 피 싱 사건이 발생하고, 방심했다간 아차하는 순간 피해를 볼 수 있는 현실이 아닌가. 느닷없이 받은 전화이고 보니 반신반의 하면서도 일등 당첨 행운이 사실이길 기대하는 여행길이 행복한 걸 보면 나도 별 수 없이 공짜를 좋아하는 속물근성이 있나보다.

"경품 당첨되신 것 알고 계시죠? 축하드려요"! 옷가게 주인에게서 제일 먼저 걸려온 전화다.

"친구야! 백화점 정문과 후문에 붙여 놓은 경품 당첨자 명단에 너의 이름이 크게 써 있단다. 일등 당첨이야."

"복도 많은 사람이지 어떻게 하면 일등에 당첨이 대누?"

"횡재했네요! 한 턱 내야겠어요!"등 등 여기저기서 걸려오는 축하전화를 받다보니 마치 내가 유명인사라도 된 듯 우쭐했다.

거금의 가전제품 경품권을 받아들고 시쳇말로 대박이 났으니 어찌할까? 현금이었다면 불우이웃돕기 성금이라도 선뜻 내놓을 수 있으련만….

고가의 TV와 김치냉장고를 새것으로 장만하니 집안이 환하고 부자가 된 것처럼 마음이 뿌듯하다. 난생 처음 내게 안겨온 행운에 당황스럽기도 하였으나 보답을 해야겠다는 생각으로 백화점 옷집에서 고가의 정품 옷 한 벌을 구매하였다. 이 사람 저 사람 축하해준 사람들에게 밥을 사도 아깝지가 않다. 일등의 행운은 아무나 오는 것이 아니란다.

횡재수는 전생에 빚을 진 사람이거나 금생에 복을 많이 지어야 돌아온다는 속설이 있긴 하여도, 빠듯한 살림에 이웃 돌아볼 여유조차 없이 살았건만 어찌 이런 행운이 온 것일까?

어쩌면 내 생애 남은 날들을 전생에 진 빚 갚으며 좋은 마음으로 베풀고 살아가라는 신의 계시가 아닌지 모르겠다.

횡재를 하고 보니 사람의 마음이 간사하고 시시 때때로 변하고 어떻게 처신해야 하는지 생각이 많아졌다. 공짜를 바라고 그 공짜의 한계를 어떻게 규정짓고 처신하며 행동해야 하는지 생각해 보니 중국의 시인 백거이白居易의 길흉화복유래유吉凶禍福有來由라는 시가 떠오른다. 그 시를 보면 길흉화복이라는 것이 다 이유가 있어서 내게 오는 것이므로 너무 욕심을 내지도 말고, 적당한 선에서 그쳐야 함을 이야기 한다. 성현의 말씀에는 다 이유가 있는 것인가 보다.

길흉화복은 까닭이 있어 따라 오는 것이니(但要深知不要憂),
단지 깊이 알아보되 근심하지는 말아라(但要深知不要憂).

불길이 윤택한 집을 태우기는 하여도(只見火光燒潤屋),
풍랑이 빈 배를 엎었다는 것은 듣지 못하였네(不聞風浪覆虛舟).

명예는 빈 그릇이니 많이 가지려 하지 말고(名為公器無多取),

이득은 내 몸의 재앙이니 조금만 가져라(利是身災合少求).
사람은 표주박과는 달라서 안 먹을 수 없지만(雖異匏瓜難不食)
배부르면 족한 줄 알고 먹기를 그쳐라(大都食足早宜休).

가을 들판에 서서

복잡한 도심을 달려 조금만 벗어나도 한적한 시골길이 나온다. 작은 소도시가 대도시에 비하여 좋은 점이 자연과 가깝게 지낼 수 있는 기회가 많다는 것이다. 특히 청주가 그렇다. 85만 명의 시민들이 살아가는 도시이지만 1시간이면 어느 곳이든 갈 수 있을 거리에 위치해 있고, 도시와 농촌이 혼재되어 있다. 그래서 나는 청주를 더 사랑한다.

함초롬히 피어 있는 들국화향기가 코끝을 스친다. 그윽한 내음이 마음을 편안하게 만들어 준다. 아무리 좋은 향초를 꽂아 놓아도 이처럼 좋은 내음을 만들어내지 못할게다. 인공적인 향기를 담아 만든 것은 어디지 모르게 2%쯤 부족한 것을 느낀다. 그러나 자연 속에서 만나는 자연의 향기는 그 부족한 부분을 충분히 보충해 준다.

논에는 벼들이 노랗게 익어가고 있다. 몸이 무거워진 벼이삭은 고개를 숙이고 예를 차린다. 익을수록 겸손해져야 한다는 진리를 몸소 실천하는 듯하다. 간혹 높은 자리에 앉아 있다고 우쭐대며 다른 사람을 하대하고 거들먹거리는 사람도 있다. 그런 사람을 보면 참으로 씁쓸할 마음이 든다. 벼들도 익으면 고개를 숙이는데 하물며 사람이 자연의 이치를 알지 못하고 사는지 처량하게 보인다. 자리가 사람을 만든다고는 하지만 높은 자리에 앉았다고 하여 모든 사람을 아래로 내려다보아서는 안 되는 것이 아닌가. 사람 위에 사람 없고, 사람 밑에 사람 없다는 말의 의미를 마음에 담고 살아야 한다.

황금들판이 넘실댄다. 바람에 흔들리며 넘실대는 황금물결은 풍요로움의 상징이다. 들녘을 바라보는 농부의 머릿속에도 곳간에 가득 쌓이는 볏섬이 그려질 것이다. 여름내 흘린 땀방울이 알알이 익어 만들어낸 풍년가는 아무리 불러도 질리지 않을 곡조이리라. 이렇게 들녘이 황금빛 물결로 넘실대면 내 마음은 유년의 고향으로 달리고 있다.

유년시절 농촌의 가을은 늘 분주했다. 학교가 끝나고 집으로 돌아오면 책가방을 마루에 놓자마자 새를 보러나갔다. 게으름을 피우면 할아버지의 불호령이 떨어졌다. 공부보다 우선시 되었던 것이 농사였고, 먹고 살기가 어려웠던 시절이어서 한 톨의 낟알도 버릴 수 없었다. 천금 같이 귀한 낟알을 참새들이 먹어치우게 놓아둘 수 없었던 시절이었다.

숙제할 책과 공책을 챙겨들고 한 손엔 긴 장대를 끌며 논으로 향한다. 손바닥 넓이처럼 가느다란 울퉁불퉁한 논둑길을 걸으면서 넘어지지 않으려 얼마나 다리에 힘을 주고 걸었던지 다리에 쥐가 날 지경이다. 논에 가면 제일 먼저 반겨주는 것이 허수아비였다. 여기저기 서 있는 허수아비가 흔들흔들 인사를 한다. 움직이지 못하고 새들을 쫓느라 힘이 다 빠졌는지 말이 없다.

한쪽 모퉁이 너럭바위에 자리를 펴고 앉으면 새떼들이 몰려오기 시작한다. "훠이! 훠이! 훠이!" 목이 쉬도록 소리치며 장대를 휘둘러 쫓아보지만 참새들의 극성은 당할 수가 없다. 내가 소리를 지를 때만 잠시 날아갔다가 다시 되돌아온다. 아무리 장대를 휘둘러도 내 팔만 아플 뿐 참새들의 식사는 쉬지를 않는다. 그래도 고래고래 소리를 질러야 했다. 소리를 듣고 그나마 잠시라도 다른 논으로 날아가는 놈들도 있기 때문이다.

달아난 새들이 몰려오기 전 부리나케 숙제를 하다보면 따스한 가을햇살에 꾸벅꾸벅 졸음이 몰려온다. 스르르 감긴 눈을 어쩌지 못하고 잠깐 눈붙여보는 토끼잠은 꿀맛이었다.

한숨 자고 일어나 논둑으로 나가면 메뚜기가 여기저기 벼에 붙었다가 톡톡 튀며 나 잡아 보라는 듯 눈을 혼란시킨다. 왜 그리 메뚜기가 지천이던지. 내기나 하듯 기를 쓰며 한 마리, 두 마리 잡다보면 됫병 속은 어느새 메뚜기로 가득 찬다. 새보러 나와 메뚜기와 씨름을 했어도 마음만은 행복했다. 서둘러 짐을 챙겨 됫병에 잡아온 메뚜기를 어머니께 건네면 어머니는 메뚜기를 기름에 튀겨 도시락

반찬으로 싸 주셨다. 그런 날은 친구들에게 내 인기가 최고였다.

차를 멈추고 혹시 메뚜기가 있는지를 살펴보았다. 그러나 쉽게 메뚜기는 나타나지 않았다. 두리번거리며 허수아비도 찾아보지만 반짝거리는 비닐 끈이 새보는 일을 대신하고 있다. 왠지 아쉽고 허전하다. 농약이 메뚜기의 서식을 파괴하면서 농약을 살포하는 논에서 메뚜기를 찾는 일은 어렵게 되었다. 모든 것이 옛날 그대로일수는 없지만 유년의 추억이 사라져 버리는 것에는 가슴이 아프다.

드문드문 논둑에 심어 놓은 강낭콩을 따는 아낙네가 보인다. 조금 있으면 볏단이 산더미처럼 쌓이고 가을걷이가 시작될 것이다. 결실을 담아내려는 농부에게 더 없이 행복한 날이다.

그 옛날 타작하는 날이면 잔치 집 같았다. 미리 찧어놓은 햅쌀밥에 숯불에 구워온 고등어자반, 고추장 섞어 지져낸 장떡, 싱싱한 겉절이를 곁들여 먹는 점심은 어른 아이 모두 한데 어울려 온 동네가 잔치를 하는 날이었다. 탈곡기 소리에 벼가마 쌓여 가면 흐뭇한 농부들은 고달픔도 잊고 마냥 배가 부르다 "얼씨구절씨구 지화자 좋다"하며 부르던 풍년가 소리가 지금도 귓가에 맴돈다.

가을 들판에 서니 내 마음도 부유해지는 느낌이다. 어린 시절 행복했던 시간들이 떠올라 추억여행을 떠나게 하고, 나도 모르게 유년의 시절로 되돌아가 부모님에게 재롱부리며 살았던 순간들이 오버랩 된다. 붙잡아 둘 수 없는 시간의 흐름이 야속하다. 좀 더 많은 시간을 함께할 수 없는 짧은 생애가 서글프다. 이렇게 풍요로운 가을 들녘에서 부모님과 손잡고 한번만 더 걸어 보았으면 하는 생각을 하니 속절없이 눈물만 흐른다. 영원할 수 없다는 것, 사람은 태어나는 순간부터 이별을 준비해야 한다는 것을 알지만 오늘 따라 더 보고 싶어지는 부모님의 얼굴이 자꾸만 나를 눈물짓게 한다.

인생의 목표

　요즘 텔레비전을 보면 공부에 지친 아이들의 모습이 자주 등장한다. 오직 좋은 대학을 목표로 모든 것을 다 포기하고 책만 붙잡고 살아가는 아이들을 보면 가슴이 먹먹해 진다. 우리 교육은 언제 변할 것인가. 변하지 않고 지금과 같은 교육제도와 학부모들의 인식이 달라지지 않으면 우리 미래세대인 아이들의 삶도 힘겨워질 것이다. 아이들이 힘들어 하는 모습을 보니 딸아이가 고등학교 다니던 시절이 머리를 스쳐간다.

　딸애도 늘 이른 아침 등교하여 한밤중이 되어야 하교했다. 딸애의 어깨는 늘 무거웠고 무척이나 힘들어 보였다. 공부에 지친 딸애를 바라보며 엄마로서 많이 안쓰러웠다. 공부를 열심히 하지 않으면 다른 친구들에게 뒤처지질 모른다는 강박관념이 딸애를 더 힘들게 했을 게다. 친구들과 재잘거리며 이성에 대한 호기심이나 친구와의 우정에 열을 더 올려야 할 시기였지만 딸애는 오직 공부에만 관심을 두고 있었다. 본능적으로 하고 싶은 것들을 참고 인내하며 공부 이외의 다른 일에 대한 생각을 좀처럼 펼치지 못하고 생활하는 듯해 내 마음은 늘 바늘방석에 앉아있는 느낌이었다.

내가 학교에 다니던 때는 딸아이처럼 그렇게 바쁘지 않았다. 학교에 등교했다가 하교해서 숙제나 하고 필요한 공부를 하면 되었다. 시간이 나면 친구들과 어울려 다니며 수다 떨고 책을 돌려가며 읽었다. 그리고 그 책속 주인공이 된 듯 가슴 절절한 사랑의 세레나데를 부르며 새로운 세상을 어떻게 개척해 갈 것지 고민했다. 공부가 전부가 아니었고, 인생이 무엇인지를 찾으려 했다. 부모님도 오로지 공부해야 한다고 강요하지 않았고, 대학에 가겠다는 욕심은 애초부터 갖지 않았다.

딸아이는 낮이나 밤이나 책을 붙잡고 살았다. 사춘기 아이들이 좋아할 법한 러브스토리가 흘러넘치는 소설이 아닌 교과서와 참고서를 손에서 놓지 못했다. 첫 번째 목적도 좋은 대학이고, 두 번째 목적도 좋은 대학이었다. 좋은 대학에 초점이 맞아버려 다른 어떠한 것도 딸아이의 마음에 침투할 여지를 주지 않았었다.

세월이 변하면서 고등학교 졸업생 대부분이 대학을 진학하는 세상이 되어버렸다. 대학을 나오지 않으면 무언가 부족하거나 하나를 빼 먹은 것처럼 생각하는 세상이 돼버린 것이다. 그런 경쟁 속에서 좀 더 좋은 대학과 학과를 선택하려는 발버둥이 잠시도 한 눈을 팔지 못하게 하고, 피곤을 끌고서라도 책을 붙잡고 잠과 싸우도록 강요하고 있는 것이다. 그런 딸을 보고 있으면 내 속이 더 답답하고 피곤해서 졸고 있는 아이를 보면 측은하여 어쩔 줄 몰라 했다. 그렇다고 내가 도와줄 일도 별로 없어 마음 편하게 아무런 걱정 없이 공부에만 전념하도록 해주는 것이 전부였다.

딸아이가 돌아와 간식을 먹으며 대화를 나누는 시간이 그래도 나에게는 소중한 시간이었다. 학교에서의 성적과 친구, 그리고 선생님 이야기까지 스스럼없이 털어놓는 딸을 보며 친구 같은 엄마가 되고자 노력했다. 그리고 딸이 다가와 대화를 해 주는 시간이 있다는 것에 감사했다. 바쁜 생활 속에서 딸이 스스로 찾아와 대화하지 않으면 먼저 대화하자고 보챌 수도 없었으니 잠시나마 같이 마음을 나누는 시간이 행복했었다.

나는 딸애가 '오늘은 또 어떻게 하루를 보냈을까'가 늘 궁금했다. 하루는 딸이 용돈을 내 놓으며 "양말 두 켤레를 사다 달라"고 했다. 아직 새 양말인데 왜 양말이 필요하냐고 물으니 시골에서 올라와 자취하는 친구가 늘 꿰맨 양말을 신고 다니는 것이 딱해 친구 생일 날 선물하고 싶단다. 친구를 배려하는 딸아이의 마음 씀씀이가 사랑스러워 미소를 짓게 했다. 그러나 한편으로는 요즘 아이들은 꿰매 신은 양말을 부끄럽게 생각하나 하는 생각을 하면서 고개가 갸

우뚱거려졌다.

　내 어린 시절에는 새 옷이나 새 양말은 어쩌다 명절에나 입고 신는 것으로 알았다. 6·25 전쟁을 겪은 어른들은 너나없이 배고픔의 서러움을 알고 떨어진 옷이나 양말은 으레 꿰매신고 다녔다. 옷도 언니부터 시작하여 밑으로 밑으로 이어 받아 입었기 때문에 구멍난 무릎에는 몇 번씩 덧댄 자욱이 남기도 했다. 그래도 따뜻하게 입을 수만 있었으면 행복해 했다. 세상이 변하고 아이들의 의식이나 주변의 여건이 다르다 보니 꼭 옛날의 어려웠던 시절이 정답은 아님은 분명하다. 그래도 아껴 쓰고 절약할 줄 아는 생각을 마음속에 깊이 간직하고 생활해야만 험한 세상을 슬기롭게 헤쳐 나갈 수 있을 건데 하는 노파심은 어쩌지 못했다.

　양말 두 켤레를 예쁘게 포장하여 딸에게 전해 주었다. 딸도 친구의 자존심이 상하지 않도록 조심스럽게 선물을 했단다. 딸아이의 선물을 받고 좋아서 어쩔 줄 몰라 하는 친구의 모습을 보니 너무나 좋았다고 말하는 딸아이의 얼굴에 환한 미소가 피어나는 것을 보았다.

　요즘 아이들을 바라보는 기성세대의 시선이 꼭 긍정적인 것만이 아닌 것은 그만큼 아이들에 대한 믿음이나 생활방식을 바라보는 눈높이가 예전과 다르기 때문일 게다. 어렵게 살아왔던 기성세대들은 요즘 아이들의 행동이나 살아가는 방식을 탐탁하게 여기지 않는다.

낭비가 심하고 어렵게 살아보지 못해 참을성도 없고 남을 생각하는 마음도 없다고 생각하기 때문이다.

그러나 나는 그때 딸아이가 친구에게 전해준 작은 선물을 보면서 우리가 요즈음 아이들을 바라보는 시선도 조금 바꾸어야 한다는 생각을 했다. 그들에게도 친구와의 진한 우정이 있고, 여건이 되면 친구를 도와주고 함께 아픔을 나눌 수 있는 진정한 우정이 가슴속에 피어나고 있다는 확신이 들었다.

지금 딸애는 사회로 사회 구성원으로 잘 적응하며 생활하고 있다. 특히 고등학교 시절 우정을 나누었던 친구들과는 더 끈끈하고 아름다운 사랑을 하면서 생활한다. 어려울 때 마음을 열고 대화할 수 있는 친구, 힘들 때 다가와 손을 내밀어 주는 친구가 많아졌다는 것은 다행이다. 혼돈의 시대가 다가와도 깨끗하고 따뜻한 시선으로 세상을 보아주는 맑은 햇살 같은 젊은 세대가 이끌어갈 세상이다. 뒤에서 묵묵히 손뼉 치며 응원하는 엄마가 되리라 다짐해 본다.

3부

빨간 양철지붕의 외딴집

굽이굽이 돌아가는 오솔길이 숲으로
우거져 풀벌레 소리와 이름 모를 새들의 지저귐마저도
선율이 되어 울린다.

빨간 양철지붕의 외딴집

맞선을 보았던 아들이 몇 번의 만남 후에 아가씨와 함께 인사를 왔다. 두 사람을 처음 보는 순간 눈에 익은 듯하고 잘 어울린다는 생각이 앞섰다. 내 아들이 선택한 여자라서일까. 처음 대면하는 자리에서 나는 이미 며느리로 낙점을 했다. '며느리 사랑은 시아버지 사랑'이라는 말처럼 남편도 더없이 반색하는걸 보니 마음에 들었나 보다. 며느릿감을 대하는 남편의 표정이 시아버님이 나를 처음 맞아주시던 때와 어찌 그리도 비슷한지 그 옛날 시아버님의 모습을 보는 듯했다. 아들과 함께 온 아가씨의 마음도 사십여 년 전 내 생각과 같을까. 이런 생각을 하니 당시 내 모습이 아련하게 떠오른다.

면소재지에서 이십 여리 길을 더 걸어가야 하는 시댁은 버스가 다니지 않는 외길이라 달리 갈 방법이 없다. 흙먼지 폴폴 날리는 비

포장 길을 기차 선로변을 따라 굽 높은 구두를 신고 가자니 발가락 아프기가 이만저만이 아니었다. 기차 선로변을 따라 나있는 길은 가도 가도 끝이 보이지 않고, 산자락을 몇 구비 돌고 돌다보니 마을 어귀에 자리한 빨간 양철지붕 외딴집이 나타났다. 시댁이 될 집이라는 생각을 해서였을까. 왠지 낯설지가 않고 정든 집처럼 느껴졌다. 처음 뵙는 어른들께 어떻게 인사를 드려야 할까 두근거리는 가슴을 진정시키며 큰 대문을 열고 안마당으로 들어섰다. 마루에 앉아 계시던 아버님이 벌떡 일어나시며 "애야 어서 오거라. 잘 왔다." 하시며 반겨 맞아 주시던 따스한 손길이 지금도 잊어지지 않는다.

대종가인 시댁은 혼인 때 전통혼례를 올리는 풍습이 있는데 구남매 중 막내인 남편을 끝으로 혼례도구를 보관하지 않는다 하였다. 결혼 상대는 너희들 뜻으로 결정하였어도 혼례식은 가풍을 따라야 한다는 아버님의 완고한 고집에, 시댁 마당에 초례청을 차려 전통 혼례복을 입고 혼례식을 올린 나는 웨딩드레스를 입지 못하여 못내 아쉬웠었다.

대청마루 지나 사랑방을 신방으로 내주신 아버님. 엄동설한에 웃풍이 세어서 춥다며 하루 한 번 끓이는 소죽을 시도 때도 없이 끓여 온돌방을 따뜻하게 하여 주셨다. 부엌의 큰 가마솥에 두레박으로 샘물을 긷는 일은 내 몫이었는데도 물이 떨어질세라 가득가득 채워 주시기도 하셨다.

그 후 남편이 ROTC 장교로 발령이 나서 우리는 전방에서 신혼살림을 하게 되었고, 이 년여 사는 동안 딸아이를 낳아 시댁으로 돌아왔다.

　기차길옆 외딴집 시댁은 시시때때로 기적을 울리며 지나가는 기차소리가 처음엔 소음으로 들려 힘들기도 하였었다. 그러나 차차 적응을 하게 되니 기적소리가 들려오면 어디론가 여행을 하고 싶다는 충동에 기찻길을 하염없이 바라보곤 하였다. 또래가 없는 딸아이도 딴엔 외로웠을까, 기차소리 들리면 어느 결에 달려 나가 손을 흔들며 서 있는 모습이 애처로워 꼭 안고 함께 손을 흔들어 주곤 하였었는데…….

　7~8개월 동안 모시고 살다 직장을 따라 분가하였지만 시아버님은 장날이 되면 딸애가 좋아하는 주전부리를 사다 고사리 손에 쥐어주시던 정 많은 분이셨다. 명절날이나 생신날에 다녀갈 때에도 보따리 보따리에 싸서 기차 정거장까지 지게에 져서 날라다 주고 되돌아가시던 아버님의 등 굽은 뒷모습은 생각만 해도 가슴이 아려온다. 나는 아버님의 사랑을 많이도 받았던 행복한 며느리가 아니었나 싶다.

　흙먼지 날리던 도로는 이젠 포장이 되어 말끔하다. 기차 길 건너 저 멀리 보이는 강물도 유유히 흐르건만 빨간 양철지붕 외딴집은 아무도 살지 않아 낡고 허물어져 간다.

　안방 문을 열고 들어섰다. 벽에 아버님 사진이 걸려 있는 게 아닌가. 반가운 마음에 "아버님 막내며느리 왔어요. 절 받으세요!"라고 중얼대는 내 말을 알아듣기라도 하시는 듯 미소 지으시는 것만 같다. 벽장문을 열어보니 빈 소주병이 뽀얗게 먼지를 뒤집어쓰고 있고, 잡수시던 알사탕 봉지도 그대로 있다. 소주를 좋아하시던 아버님은 새벽에 일어나 한 잔, 소죽 끓이고 한 잔, 식사하고 한 잔, 들일하고 돌아와서 한 잔씩 하시니 됫병소주를 4~5일에 다 비우시는 애주가셨다. 사탕을 안주삼아 소주를 드시던 아버님을 생각하면 술안주 한번 제대로 해드리지 못하고 생신이나 명절 때만 드나들었던 일이 회한이 된다.

발걸음을 옮길 때마다 대청마루에서 삐거덕 삐거덕 소리가 난다. 미처 군불을 때지 못하였을 때 추위에 오들오들 떨며 남편과 보듬고 자던 사랑방이다. 둘이 함께라면 어떠한 고난도 헤쳐 나갈 수 있을 것만 같았던 청춘의 시절이 아니었던가. 참으로 꿈같은 세월이었다.

방 한쪽에 시집올 때 한 땀 한 땀 매화꽃 수놓아 혼수로 가져왔던 빛바랜 액자도 그대로 있고, 추울 때 쓰시라고 떠서드렸던 털모자도 벽에 걸려 있다. 어두컴컴한 방안에서 한참을 서성이며 그 옛날을 회상하려니 허리가 휘도록 묵묵히 일만 하신 아버님 생각에 눈시울이 젖는다. 구남매 키우고 교육시켜 제 몫을 다하며 살아가는 자식들을 뿌듯한 눈으로 바라보시던 아버님이셨다.

우리는 살아가면서 수많은 사람들을 만나지만 우연일 수도 있고 필연일 수도 있다. 부부는 천생의 인연이 있어야 배필로 만난다 하니 운명이라고 하는 것이 맞을까. 자녀를 혼인시키며 내 인생을 돌아보게 되는 것은 연륜 때문이 아닐 런지. 자식은 부모가 되어보아야 부모 마음을 안다고 하지 않던가.

하나 뿐인 아들이 결혼을 한다. 며느리를 맞이하려는 지금, 내가 새색시였던 그 시절로 돌아가 보았다. 앞으로 며느리와 고부간이 아닌 모녀지간처럼 도타운 정을 나누며 살 수 있을지는 알 수 없지만 내리사랑이라고 부모님이 베풀어 주신 사랑을 자식들에게 되돌려 주어야겠다는 다짐을 해본다. 시아버님의 온정이 느껴지는 빨간 양철지붕 외딴집은 언제나 내 마음속에 자리하고 있는 영원한 안식처다.

나뭇잎에 스친 바람

　　눈이 부시도록 화창하고 청명한 날씨다. 이 좋은날 집안에서만
보내기에는 너무 아쉽다는 생각이 들었다. 무엇인가 내가 살아 있
다는 존재감을 느끼며 나이가 들어간다는 조급한 마음을 편안하고
활기차게 전환할 에너지가 필요할 것 같았다.

　　산행을 하려고 집을 나섰다. 도심 근교이지만 집에서 멀지 않은
우암산을 오르기로 했다. 우암산은 청주시민들이 즐겨 찾는 산이어
서인지 여러 곳에 진입로가 있다. 용담동 한방병원 방향으로 들어
서니 아카시아 꽃의 달콤한 향기가 코끝을 자극한다.
　　제철 만난 벌들이 꽃을 찾아다니느라 분주하다. 긴 겨울을 견디고
찾아온 봄의 따스함을 즐기는 듯 날개 짓하는 소리도 힘차다. 하늘
을 향해 솟구쳐 자란 나무와 울창한 숲이 오가는 사람들을 반겨준

다. 바람은 가녀린 나뭇가지의 새순을 간지럽히고, 바람을 타고 흔들리는 나뭇가지는 나에게 잘 왔다고 손을 흔들어 주는 것만 같다.

한참을 오르다보니 하얗게 핀 찔레꽃의 은은한 꽃향기가 나를 이끌어 발걸음을 멈추었다. 사람들에게 그리 인기가 있는 꽃은 아니지만 나에겐 소중한 추억이 있는 꽃이다.

유년시절 등굣길 도로변에는 찔레꽃이 지천으로 피어 있었다. 향기가 너무 좋아 담임선생님께 드리려고 꽃을 꺾어 교탁 화병에 꽂아드리기도 했다. 찔레꽃 향기를 맡으며 좋아하시던 선생님은 늘고맙다고 칭찬을 아끼지 않으셨다. 얼굴이 예쁘신 선생님이 찔레꽃에 얼굴을 가져가시면 하얀 꽃송이와 어우러져 더 아름답게 보이셨던 기억이 있다. 찔레꽃은 선생님에 대한 그리움이 있는 꽃이기에 더욱 애착이 간다.

굽이굽이 돌아가는 오솔길이 숲으로 우거져 풀벌레 소리와 이름모를 새들의 지저귐마저도 선율이 되어 울린다. 청정한 산속에서만이 느낄 수 있는 나무 냄새와 풀냄새, 들꽃이 또 얼마나 향기로운가. 아름다운 풍경이 좋아 마치 영화 속의 주인공이 된 것처럼 나무에 기대어 멋진 포즈를 취해보기도 하고, 혼자서 나를 촬영하기도 했다. 우암산의 오솔길은 이렇게 나에게 편안한 휴식처가 되어 주고, 지친 심신을 쉴 수 있도록 배려하는 장소이다. 이곳에 오면 그 누군가를 우연히 만나 많은 대화라도 나누었으면 하는 나 혼자만의 부질없는 상상의 나래를 펼쳐보기도 한다.

부지런한 사람들은 벌써 등산을 마치고 내려오는 중이다. 초면이어도 서로 눈인사를 나누며 마주친다. 산중턱 팔각정 스피커에서 흘러나오는 경쾌한 음악소리에 맞추어 걷는 발걸음이 한결 가볍게 느껴진다. 이제 조금만 더 올라가면 난코스 오르막길이다. 몇 년 전 처음 산에 오를 때만해도 쉬지 않고 올라갔건만 지금은 같은 길인데도 오르려면 숨이 가쁘다. 체력과 나이는 비례하는 것인가 보다.

시내가 한눈에 내려다보이는 정상에서 불어오는 바람이 이마의 땀을 식혀준다. 크게 심호흡을 하며 맑은 공기를 흠뻑 들여 마신 후 주위를 살펴보니 젊은 사람과 연세 많은 사람들이 함께 어울려 운동을 한다. 아령을 들었다 내리기를 반복하기도 하고, 평행봉 위에서 묘기를 부리 듯 날렵하게 몸을 움직이는 사람도 있다. 맨손 체조를 하고 있는데 멀리 훌라후프를 돌리는 젊은이들이 보였다. 나도 해 보고 싶어 옆으로 다가가 가벼운 것을 골라 돌려보았다. 다행히 돌아간다. 이것마저도 돌리지 못했다면 너무 부끄러웠을 것인데 그나마 흉내라도 내고 있으니 안도의 한숨이 절로 나왔다.

내려오는 길은 자연학습 관찰로 쪽으로 향했다. 가파른 길이어서 조심조심 나무 계단을 따라 내려오니, 내가 목이 마른지를 아는 것처럼 샘터가 있다. 똑 똑 똑… 떨어지는 물소리가 잠시 쉬어가라 한다.

누가 걸어놓았을까? 색색의 표주박이 바람에 달랑거린다. 파랑색의 표주박을 골라 물을 받으니 더 맑아 보인다. 천천히 떨어지는 물이 감칠나긴 하여도 청정 산속에서나 마실 수 있는 귀한 물이다. 한 모금씩 마시는 물이 달콤하고 맛이 있다. 갈증이 해소되고 힘이 솟는 것 같다.

길모퉁이로 돌아가니 장승마을이 나타난다. 천하대장군 지하여장군이 떡 버티고 서 있다. 외관으로 보면 위압적이다. 마을에 액운이 들어오지 못하게 막겠다는 의지도 보이는 듯하다. 어두운 밤중에 마주했다면 크게 놀랐을 얼굴 모습이다. 오늘은 왠지 편안해 보인다. 반갑다며 나에게 대문을 열어준다. 아담한 터에 두런두런 장승가족의 이야기 소리가 들리는 것만 같다. 곱단이, 강쇠, 칠복이, 초롱이, 바름이 등 각자의 이름을 달고 모여 사는 대가족이다. 매일 장승들은 어떤 이야기를 하며 살까. 궁금하다. 여기 모여선 장승들도 밤하늘의 별을 보며 나름대로 이야기꽃을 피우며 아침을 맞이하고, 낮에는 사람들의 시선이 부끄러워 말문을 닫고 잠들어 있을지도 모른다. 마을의 안녕을 기원하는지 정성스레 탑도 쌓아 놓았다. 남의 집에 함부로 들어왔다는 핀잔을 들을까 두려워 살금살금 들어서니 어서 오라며 통나무 의자를 내어준다. 염치불구하고 길게 누어 하늘을 보니, 흰 구름들이 유유자적하며 지나가고 나뭇잎에 스친 바람이 온몸을 휘감는다. 나를 스치고 사라지는 바람 틈 속으로 햇살이 밀려든다. 따뜻한 감촉이 좋다. 지그시 눈을 감으면 꿈결인 양 청아한 새소리, 바람소리, 풀 벌레 소리… 마치 다른 세상에 들어 온 것 같은 착각이 들기도 한다. 무아의 경지인 듯 편안하다. 신선도 이러한 기분을 느끼기 때문에 산에서 내려오지 않는 것일까? 나도 이렇게 오후를 즐기고 있으니 신선이 된 듯싶다.

오를 때와는 반대방향이지만 사람들 발길이 뜸한 호젓한 산길을 콧노래를 부르며 길을 재촉했다. 하늘을 향해 꼿꼿하게 서 있는 나무를 보며 정직함을 배우고, 온갖 꽃과 벌, 나비, 새들이 마음을 즐겁게 하여준다. 논어에도 '지자요수 인자요산知者樂水 仁者樂山'이라고 하지 않던가. 지혜로운 사람은 물을 좋아하고, 어진 사람은 산을 좋아한다는 것이다. 나뭇잎을 흔드는 바람 한 점이 내 마음을 열어보려 한다. 마치 내가 선한 사람임을 확인이라도 하려는 것처럼……

꼬마 미술관

　주말이면 친손자 외손녀들이 찾아와 한바탕 북새통을 이룬다. 핏줄이 당겨서일까. 아직은 어린이집에 다니는 녀석들이지만 모이기만 하면 어찌나 죽이 잘 맞는지 사촌지간 삼남매가 난리법석이다. 장녀인 외손녀딸은 제일 나이가 많아서인지 동생들에게 이래라 저래라 하며 의례 리더 역할을 맡는다. 친손자는 중간에서 누나와 동생 사이에서 밀당을 하며 폼을 잡는다. 그래도 남자라고 의젓한 행동을 한다. 아직도 아기티를 벗지 못한 꼬맹이 막내도 '나도 시켜줘잉~' 하며 언니 오빠를 졸졸졸 따라 다닌다. 누가 시키지 않았는데도 위계질서에 따라 행동하는 걸 보니 기특하다.

　이리 뛰고 저리 뛰고 한바탕 놀이마당이 끝나면 미술 시간이란다. 미술시간이 되면 우르르 서재로 들어가 조용해진다. 궁금증을 참지 못해 살며시 들여다보니 스케치북과 색연필을 펼쳐놓고 그림을 그리기 시작한다. 참 묘하다. 아이들인데도 제 나이에 걸맞게 개성대로 생각하고 표현하는 게 신기하기까지 하다.

내년이면 초등학생이 되는 큰손녀는 긴 머리소녀를 등장시켜 예쁜 옷을 번갈아 입혀가며 그림을 그리더니, 이제는 유치원에서 일어난 일들을 이야기하듯 그린다. 그림 속에는 아이스크림이 먹고 싶은 표정이 있고, 소풍간 곳의 나무와 꽃도 그리고, 단짝 친구의 얼굴도 있다. 외갓집에서 동생들과 노는 그림, 유난히 강아지를 좋아하는 큰손녀는 수의사가 되겠다며 파란색 진료 옷을 입고 강아지를 치료하는 그림으로 장래 자기의 꿈을 표현하기도 한다. 둘째인 아들 손자는 장난감을 만지기 시작하면서부터 고래나 상어와 같은 바다에 사는 물고기를 좋아 하더니, 이제는 큰 동물이 좋은지 수 억만 년 전에 살았다는 공룡 이름을 술술 외우며 공룡들을 그린다. 다른 장난감은 관심조차 없다. 공룡 같은 동물이 최고라며 두 손 엄지 척이다. 영어에 관심이 많은 셋째도 할아버지, 할머니, 아빠, 엄마를 비롯한 가족들을 차례로 그려 놓고 영어로 읽는다. 제법 발음도 정확하다. 여섯 살이 되면 영어 유치원엘 가고 싶단다.

손주들 셋이서 아롱이다롱이 이렇게 제각각 커가는 걸 보니 참으로 사랑스럽다. 정작 내 자식들 키울 때는 예쁜 줄도 몰랐다. 멋모르고 키웠던 것 같다. "할아버지 할머니가 왜 좋아?"라고 물으면 "그냥 좋아요" 하고 합창하듯 세 녀석들이 대답을 한다. 눈에 넣어도 아프지 않을 내 핏줄들이 아닌가. 이래서 남편과 나는 노년에 손주

바보가 되었다.

주말마다 그려 놓고 가는 그림이 수북하다. 이 그림을 어떻게 보관해야 할까 궁리 끝에 거실 벽에 부쳐놓기로 했다. 한 장 두 장 부치다보니 벽 한 면이 빼곡하다. 동화 같은 가지각색의 그림들이 붙어있는 벽면은 어린이 미술 전시회장 같다. 어느 날 집에 놀러왔던 지인 한 분이 다녀가며 "와! 손주들이 그림을 참 잘 그리네요. 꼬마 미술관에 온 것 같아요"라는 말을 하는 것을 듣고 귀가 솔깃해졌었다. 혹시 손주들이 그림에 천재는 아닐까? 천재를 알아보지 못하고 그들의 재능을 발굴해 내지 못하고 있는 것은 아닌가 하는 엉뚱한 상상을 하면서 어쩔 수 없는 할머니 바보가 되기도 했다.

우리 애들은 결혼적령기가 됐어도 빨리 결혼을 하지 않아 무던히도 내 애를 태웠었다. 그러나 때가 되니 큰딸이 혼인을 하자 시샘이나 하듯이 둘째인 아들도 곧 바로 결혼을 하였다. 이렇게 제 짝 찾아서 알콩달콩 아들 딸 낳아 잘 사는 것을 그때는 왜 그리도 조급하게 아이들에게 부담을 주고 걱정했는지 모르겠다. 시간이 모든 것을 해결해 준다는 이치를 왜 몰랐던가. 자식들이 결혼을 못할까봐 혼자 애가타서 발을 동동 구르던 그때를 생각하면 지금도 멋쩍어 웃음이 나온다.

빠르게 흘러가는 시간 속에서 손주들이 무한한 미래에 대한 상상으로 동경과 그 꿈을 쫓아 노력하는 일들이 이어졌으면 한다. 먼 훗날 손주들이 내 품을 그리워하며 추억할 수 있도록 많은 사랑을 나누어 주어야겠다. 내 인생의 뒤안길에서 바라볼 수 있는 것들이 많지 않다는 것을 안다. 그래도 사랑하는 손주들이 있어 나는 행복하고 복 받은 인생을 살아왔다고 자부한다. 삶이라는 것이 다 그런 것 아니겠는가. 이제 손주들이 건강하고 아름답게 잘 자라주기를 바랄 뿐이다.

김치찌개

날씨가 제법 쌀쌀해져 옷깃을 여미게 한다. 어느새 겨울의 문턱에 다가선 느낌이다. 이 집 저 집 김장준비를 하는 걸 보니 나도 김장준비를 서둘러야 겠다. 겨울이 되면 가장 중요한 반찬이 김장김치이고, 식구들이 좋아하기 때문에 예나 지금이나 우리 집은 김장을 많이 담근다. 찌개, 전, 만두, 볶은 밥 등 김치만 있으면 한 끼 식탁을 차리는데 전혀 문제가 없다. 매일 세끼 식사준비를 해야 하는 주부의 입장에서는 이보다 고마운 식재료는 없을 듯하다. 요즘처럼 맛있는 음식이 넘쳐나는 세상에 무슨 김치 타령이냐고 할지 모르지만 김치는 조상대대로 매일 밥상에 올려 졌던 없어서는 안 될 전통 음식이기 때문이다.

저녁때가 가까워오자 웬일로 남편이 다가와 "오늘은 날씨도 쌀쌀

한데 돼지고기 김치찌개로 저녁을 먹으면 안 될까?" 하고 말한다. 김치찌개를 찾는 걸 보니 막걸리 생각이 나는가 보다. 애주가였던 시아버님을 닮아서인지 몰라도 형제 중에서 유독 남편만 술을 좋아한다. 그것도 큼직하게 돼지고기 숭숭 썰어 넣고 끓인 김치찌개에 막걸리를 즐긴다. 그런 남편의 식성을 잘 알기에 우리 집 냉동고에는 항상 남편을 위한 찌개용 돼지고기가 윗자리를 차지하고 있다. 남편이 한창 젊었을 때는 술을 좋아하는 성격 때문에 직장 동료들과 수시로 술자리를 만들곤 하여 투정을 부리기도 하였던 적이 있다. 밖에서 먹고 들어오는 것도 아니고 심심하면 손님을 집으로 불러들여 술상을 보아야 했기 때문에 주부 입장에서는 피곤한 일이었다. 그런데 나이가 들어가니 그런 일들이 사라져 버렸다. 사람이 먹고 즐기는 것에도 때가 있나 보다. 근래에는 특별한 모임이 아니면 술자리에 참석하지 않으려 한다. 남편의 술자리가 적어지고 술을 피하는 모습을 보면서 오히려 기분이 짠해진다. 술도 기력이 좋아야 잘 마실 수 있는 것인데 그만큼 남편도 나이가 들어가고 있다는 것이 아닌가.

결혼을 하고 얼마 후 남편은 군 제대를 하고 교직생활을 시작했다. 미처 집을 구하지 못하여 셋방살이를 시작하던 어느 날, 남편은 퇴근 후 회식을 마치고 느닷없이 동료들을 데리고 들어와 술상을 차리라고 하였다. 예고도 없이 손님을 데리고 들어온 남편의 돌발적인 상황에 당황스러웠지만 부엌으로 들어가니 마침 사다 놓았던 돼지고기가 있어 김치찌개를 끓여 술상을 차려 주었다. 그런데 김치찌개가 입맛에 맞았는지 아니면 언제든 손님을 데려와도 술안주가 가능할 것이라고 생각해서였는지는 모르지만 그날 이후 남편의 술상을 차리느라 여간 고생한 것이 아이다. 남편은 한밤중에 예고도 없이 이사람 저사람 번갈아 가며 데리고 들어와 김치찌개를 끓여달라고 했다. 가뜩이나 남의 집 셋방살이 처지에서 한밤중에 요리를 한다며 시끄럽게 하는 것은 주인집에 여간 눈치가 보이는 게 아니었다. 술상을 차리는 것보다도 술잔이 오가며 커지는 목소리에 얼마나 가슴을 태웠는지 모른다. 남편의 낙천적인 술사랑은 같이 오는 사람들에게도 미안함을 주었는지 어떤 이는 아예 돼지고기와 막걸리를 사들고 와서 찌개를 끓여 달라고 요구하기도 하였다.

그 시절만 하여도 먹거리가 귀한 때여서 고기반찬은 봉급날이 되어야 먹을 수 있는 특식이었다. 더구나 교사들은 수업할 때 칠판에 분필로 글씨를 써야하는 때여서 그 분필가루가 폐 속으로 흡입되면 건강을 해치게 된다하여 제거해 주는 가장 좋은 음식이 돼지고기라는 속설이 있었다. 공무원의 박봉에 한 푼이라도 아껴 집장만을 하여야 하고, 아이들 육아와 교육비 부담이 컸기 때문에 생활은 늘 허리띠를 졸라 매는 근검절약이 몸에 배다시피 했다. 지금은 돼지고기를 부담 없이 사 먹을 수 있는 경제적 수준이 되었지만 그때는 마음대로 사먹기가 어려웠다. 그래서인지 교사들도 월급날이 되면 이러한 속설을 핑계 삼아 돼지고기를 사먹기도 했다. 그래도 그 시절이 그립다. 모든 게 부족하여도 서로 나눌 줄 아는 인정이 넘치던 따뜻함이 있었고, 마음만은 풍요로웠기 때문이다.

애절한 눈빛으로 바라보는 남편을 보니 오늘도 돼지고기 김치찌개를 끓여 주어야 할 것 같다. 못이기는 척 주방으로 들어와 밥을 안치고 찌개 거리를 준비한다. 돼지고기와 새콤하게 잘 익은 김치를 밑 둥만 썩둑 잘라내어 들기름으로 달달 볶다가, 쌀뜨물을 붓고 고추장을 풀어 감자와 양파를 넣어 보글보글 끓인 후, 큼직하게 자른 두부와 대파를 송송 썰어 넣어 다시 한소끔 끓이니 찌개가 완성됐다. 얼큰한 찌개 냄새가 좋았던지 남편은 자꾸만 주방을 들락거린다.

"식사하세요!" 말이 떨어지기가 무섭게 남편은 얼른식탁에 와 앉는다. 후루룩~ 쩝~ 쩝~ 맛나네! 소리 연발하며 막걸리잔도 기울인다. 먹는 모습이 너무나 내 기분을 올려준다. 아무리 음식에 공을 들여도 먹어주는 사람이 맛있게 먹어야 만드는 사람도 기분이 좋아지는 법이다. 찌개를 안주삼아 막걸리를 거나하게 마셨는지 "세상만사 다 변하였어도 우리 집 찌개 맛은 변하지 않는구먼!" 하고 칭찬을 한다. "그 옛날 돼지고기 김치찌개 잘 끓인다고 소문났던 거몰랐지?" 하고 묻는다. "아니, 진작 말해 주지 왜 이제 와서 이야기하는 거예요!" 하고 되묻자 남편은 아무 말도 안하고 피시식~ 헛웃음을 웃는다. 남편 표정으로 봐서는 사는 날까지 좋아하는 돼지고기 김치찌개를 계속하여 끓여 달라는 아부가 아닐까 싶다.

이제 나도 남편이 요구만 하면 언제든지 보글보글 돼지고기 김치찌개를 맛나게 끓여주어야겠다. 주는 것만큼 행복한 것이 어디에 있겠는가. 김치찌개 하나로 행복한 저녁이 깊어간다.

무심천 풍경

바람이 불때마다 하늘거리는 청초한 모습이 이리도 고울까. 끝없이 펼쳐지는 산책로에 핀 샛노란 금계국 꽃이 햇살에 반사되어 눈부시다. 황금빛 꽃잎 속에 숨어있는 꽃술에는 꿀을 탐하는 벌과 나비가 한가롭게 유영을 하며 만찬을 즐기고 있다. 금계국이 무리를 이루어 피어있는 중간 중간에 하얀 망초가 어우러져 더욱 운치를 자아낸다. 금계국이 귀족이라면 망초는 서민 같은 꽃이다. 산과 들에 지천으로 피어나는 망초는 잡초라 하여 베어지고 짓밟혀도 다시 땅속을 비집고 살아나 꽃을 피우는 강단이 있는 꽃이다. 그래서일까 바람에 나부끼는 망초가 더 아련하고 애틋하여 정이 간다.

핸드폰을 꺼내 찰칵 찰칵 사진을 찍어본다. 사진을 찍고 있는 것을 알았는지 노랑나비와 하얀 나비가 살포시 꽃잎에 와 앉는다. 이

때 어디서 속삭이는 듯 지저귀는 새소리도 들린다. 시냇가 쪽의 갈대숲이다. 숲속에서 새들이 사랑 놀음이라도 하는 걸까. 궁금증이 생겨 발걸음을 멈추고 가만히 지켜보았다. 갈대숲에서 놀던 참새 한 마리가 폴짝 인도로 날아든다. 뒤이어 다른 한 마리도 따라 온다. 무엇을 하나 살펴보려고 살며시 다가가도 나에게는 관심이 없다는 듯 빤히 바라보며 먹이를 찾는 시늉만 한다. 제 세상인 양 이리저리 날아다니며 내 눈을 어지럽히기까지 한다. '요것 봐라 겁이 없는 참새네! 이제 사람들과 함께 놀아보자는 것이냐?' 나는 작은 소리로 말했지만 참새는 이미 해치지 않을 것을 알고 있는지 대응을 하지 않는다. 참 맹랑하지만 사랑스럽다.

시냇가에 맑은 물이 흐르고 숲이 우거져 새들이 모여든다. 꽃이 피면 벌과 나비가 날아들고 사람들도 그 속에 하나의 풍경을 연출한다. 이 얼마나 아름다운 자연의 조화인가. 무심천에 꽃길이 조성되면서 사람은 물론 작은 곤충과 새들까지 다양하게 이 아름다움을 즐기고 있다. 우리가 조금만 관심을 갖고 가꾸어 가면 풍요롭고 아름다운 풍광을 누릴 수 있을 것이다.

봄이 되면 무심천 둑길에 벚꽃축제가 펼쳐진다. 화사한 벚꽃이 만개하면 흐드러진 벚꽃의 아름다움에 취해 사진을 찍고, 연인과 더불어 봄의 향기를 음미하며 데이트를 즐기는 사람들로 인산인해를 이룬다. 까만 밤에 하얀 벚꽃이 흐드러지게 핀 야경의 아름다움은 불빛과 어우러져 더욱 환상적이다. 간혹 꽃구경을 나와 사진을 찍으며 가지를 꺾는 사람들로 인하여 기분이 상할 때도 있다. 나 혼자만의 전유물이 아니라면 다 같이 보고 즐길 수 있도록 보호하고 보존하려는 노력이 필요하다. 그것이 오랫동안 나도 다른 사람들도 함께 공유하며 즐길 수 있는 귀중한 자연이 되는 것이리라.

여름의 들꽃들은 향기로우며 가을의 갈대밭 풍경은 또 얼마나 낭만적인가. 멋진 포즈로 사진을 찍을 수 있는 명소이기하다. 언제부터인가 무심천 맑은 물에 다양한 물고기가 모여드니 낚싯대를 드리우고 모자를 푹 눌러 쓴 채 오수午睡를 즐기는 이들의 모습도 쉽게 볼 수 있다. 무료한 시간을 달래기 위하여 드리운 낚싯대는 한가로운 노년의 여유로움이다. 더구나 저녁노을이 곱게 물들면 물고기들이 튀어 올라 하얀 비늘이 석양에 비치어 반짝이는 모습은 신비롭기까지 하다. 이 풍요가 무심천이 만들어낸 선물이다.

사계절이 아름다운 무심천은 청주의 자랑이다. 대교 아래로 아름다운 아치형 돌다리를 놓아 운치를 더했다. 남석교를 건널 때면 예로부터 내려오는 슬픈 전설이 떠올라 가던 길을 멈추고 흐르는 시냇물을 바라본다. 옛날 무심천 옆 고을에 한 어머니와 다섯 살 된 어린이가 살고 있었다. 지나가던 탁발승이 찾아들자 아이를 부탁하고 잠시 일을 보러 나가게 되었다. 아이를 돌보던 탁발승이 깜빡 잠이 들었는데 꿈결인 듯 여인의 통곡 소리에 눈을 뜨니 아이가 주검이 되어 여인의 품에 안겨 있었다. 탁발승이 잠든 사이에 아이가 혼자 밖으로 나가 통나무 다리를 건너다 그만 물에 빠져 죽었다 한다. 하여 여인은 아이의 시신을 화장하여 유골을 물에 뿌리고 삭발 후 비구니가 되어 산으로 들어갔다. 이 사실을 알게 된 인근의 사찰 승려들이 안타깝게 여기고 어린이의 명복을 빌어주며 백일 만에 통나무 대신 튼튼한 돌다리를 만들어 남석교라 하였고, 그 뒤로 이런 사연을 모르는 듯 시냇물이 무심히 흐른다 하여 무심천이라 불리게 되었다 한다. 삶과 죽음의 경계선을 분명하게 알지 못했던 어린 아이의 죽음이 산자들에게 어떻게 투영되는지를 생각해 보게 된다.

자전거를 탄 사람들이 줄을 이어 쌩쌩 달린다. 운동을 하러 나온 듯 뛰기도 하며 빠른 걸음으로 걷는 사람, 다정히 걷는 연인들, 천천히 걷는 부부도 산책을 나왔나보다. 모두에게 무심천은 새로운 희망과 건강을 부여해 준다. 개나리와 벚꽃이 어우러진 아름다운 제방이며, 산책길, 전국을 이어주는 자전거길이 공존하는 무심천이 있는 곳에 사는 우리는 행운이 아닐까. 나도 처음엔 체중조절을 하려고 무심천을 걷기 시작했지만 이젠 아름다운 풍경을 감상하며 사색하는 이 길이 고맙고 행복하다.

아우내 장터

　주말인 오늘도 남편이 아침부터 서두르는 걸 보니 병천 장날인
가 보다. 남편은 시골 장구경하기를 유난히 좋아한다. 남편에게 시
골장날은 어떤 의미가 있을까. 유년시절 어머니 손을 잡고 장에 가
면 맛난 주전부리를 사주셨던 추억 때문일까. 아니면 그동안 쉽게
볼 수 없었던 신기하고 재미있는 옛 흔적을 볼 수 있어서일까. 내가
"촌스럽다"고 지청구를 해도 막무가내다. 남편은 잔말 말고 따라오
라는 듯 앞장서고, 나도 못이기는 척하고 따라 나선다. 언제부터인
가 좋아하게 된 순대국밥이 생각나기 때문이다.

　청주에서 30여분 거리의 천안 병천 아우내 장터는 류관순 열사의
탄생지인 역사적인 장소이기도 하다. 3·1절이라 독립기념관을 참
배하고 아우내 장터에 들렀다. 때마침 장날이여서 많은 인파로 시
장이 북적댄다. 전날에 거행되었던 전야제의 흔적들이 곳곳에 널려

있다. 100년 전 회오리쳤던 류관순 열사와 독립을 열망하던 백성들이 토해냈던 그 울림의 열기를 재현해 보려고 했던 것 같다. 아우네 장터에 오면 태극기를 흔들며 대한독립만세를 외치던 함성이 들려오는 것만 같아 숙연해지는 곳이다.

아우네 장터에 대표음식은 순대국밥이다. 가격이 저렴하고 맛이 좋아서 순대국밥 한 그릇을 사먹으려고 식당 문전에서 30~40분은 족히 기다려야만 차례가 온다. 그래도 마다않고 기다렸다 사먹게 되는 것도 그 옛날 이 음식을 먹으며 독립운동을 모의하고 만세운동을 전개했던 백성들의 허기를 달래주지 않았을까 하는 막연한 생각이 들어서 더 좋아하게 되었는지도 모른다.

자주 가던 단골식당을 찾아갔다. 순대국밥은 옛날 보부상들이 허기진 배를 달래려 먹었던 서민음식이라고 전해오지만 영양분으로 따져 보면 다른 음식에 견주어도 결코 뒤지지 않는다. 잠시 후 갖은 양념을 한 선지를 가득 채운 순대에 돼지머리고기, 내장인 간과 허파까지 한 접시 썰어 내왔다. 단골식당이 아니어도 이곳의 다른 어느 집을 찾아도 푸짐하게 한 접시 썰어 손님상에 놓는 주인장의 인심이 후한 곳이다. 배추 잎 시래기에 생파를 송송 썰어 넣은 국물 맛은 얼마나 구수하면서도 개운한지 한 번 먹어 보면 그 맛이 생각나기 때문일까, 아우네 장터의 순대국밥은 별미중의 별미다.

이제 배불리 먹었으니 장구경이나 다녀보아야겠다. 장구경은 생각보다 재미가 쏠쏠하다. 허접한 것 같지만 없는 것 없이 벌려 놓은 박물장수의 노점상, 줄줄이 걸어 놓은 알록달록 고운 옷, 밭에서 갓 뽑아온 것 같은 싱싱한 채소들과 맛깔스러운 반찬까지 판매하는 상인도 있다. 푸짐하게 쌓아 놓은 김이 모락모락 나는 뽀얀 찐빵을 보니 그 옛날 어머니가 쪄주시던 빵이 생각난다. 지금의 찐빵은 하얀 밀가루 반죽에 팥 앙금을 넣어 쪄내 달콤하고 부드럽다. 그러나 옛날에는 밀가루가 귀한 시절이었다. 밀농사를 지어 방앗간에서 찧은 하얀 밀가루는 재사나 명절 혹은 잔치 날에 사용하느라 아껴두었고, 밀을 찧어내고 남는 밀기울 섞인 불그레한 가루에 소다와 사카린을 넣어 부풀려 통 강낭콩을 넣어 쪄 먹는 빵이 고작이었다.

지글지글 무쇠솥뚜껑을 걸어 놓고 지져내는 김치전의 고소한 내음이 진동하고 후루룩 후루룩 술술 넘어가는 잔치국수도 있다. 금방 순대국밥을 먹고 나왔음에도 장터에 나오면 눈에 보이는 모든 것이 입안에 침을 고이게 하는 옛날 음식들이다.

요즘은 마트에 가면 물건들이 깔끔하게 포장도 되어 있고 신선한 채소도 품목별로 쌓여 있다. 주부들은 큰 힘 들이지 않아도 깨끗하고 말끔하게 다듬어진 채소를 언제라도 쉽게 구입할 수 있다. 그러나 쉽고 편한 것만이 능사는 아니지 않은가. 시골 장날을 찾게 되면 마트처럼 깔끔하지는 않더라도 금방 밭에서 수확하여 가져온 농산물이 싱싱하고, 가난하게 살던 시절의 향수 한 조각은 덤으로 가져갈 수 있다는 매력이 있다. 세상의 소식에 쉽게 접근하지 못했던 시절에는 장터가 사랑방이 되었고, 이웃동네 친구와 얼굴을 보며 막걸리 한잔 기울일 수 있는 만남의 장소이기도 했다. 물품이나 먹을 거리가 부족하면 농사지은 곡식이나 채소들을 가지고 나와 물물교환을 하며 정을 나누는 장소였고. 이 마을 저 마을의 소식과 안부를 전해주던 우체부 같은 구실을 했던 장소가 장터였다. 그 번성 했던 시골의 오일장도 이제 점점 사라져 가고 있다. 남아 있는 장터도 오가는 사람이 뜸하여 대부분의 상점들이 문을 닫아 한적하다. 모두가 살기 편한 도시로 나가고 연세 든 어른들만이 상점을 지키고 있어 왠지 서글픔만 가득하다. 이러다가 오일장마저 사라져 가는 것이 아닐까. 걱정이 된다. 장년을 지낸 우리에게 오일장은 기다림의 날이었고, 행복을 가져다주는 그런 존재였다. 세월이 변하면서 상점에 대한 의미도 방식도 변해가고 있다. 재래시장은 사람들에게 점점 잊혀져가고 있으며 신세대들은 편리한 마트나 대형 쇼핑몰을 선호한다. 이런 추세대로라면 오일장도 추억 속의 활동사진처럼 아련한 추억 속에서만 존재하게 될지 모른다. 북적대던 사람 사는 냄새 물씬 풍기던 장날의 풍습이 활성화 될 수는 있는 방법은 무엇일까? 곰곰이 생각해 보지만 추억이 많은 사람들이 너도나도 선호하지 않으면 그 해답은 없는 듯하다.

파장 무렵은 열기가 더 활기차다. "싸다! 싸요! 떨이요! 남은 것 다 가져가요!"라며 외치는 장사꾼의 목소리가 더욱 크게 울려온다. 남은 것을 다시 싸서 다른 장터로 이동해야 하는 장똘뱅이의 서러운 외침이다. 이왕 장에 들린 것 상인들의 품이나 덜어주겠다면서 살 것과 사지 않아도 되는 것까지 한 보따리 샀다. 도움을 주는 것보다 내가 덤을 얻어가는 기분이다.

옛 추억 속을 거닐며 그리움 한 보따리 풀어 놓고 온 것만 같은 장터, 두 손 가득 산 물건을 집어 들고 나는 또 속으로 외쳐본다. 다음 장날에 또 와야지! 떼어 놓는 발걸음이 상쾌하다.

작은 농장 이야기

사월 초순이 되니 생동하는 자연의 모습이 아름답다. 겨울 내내 동면을 하며 지냈던 식물들도 기지개를 켜고 남녘에서는 벚꽃도 꽃망울을 부풀리고 있다는 소식이 들려온다. 사람들의 옷차림도 가벼워지고 묵었던 때를 씻어내듯 움츠렸던 마음도 가벼워진다.

도심외곽으로 나가는 큰 도로변에 '주말농장'이라는 현수막이 걸려있다. 누군가가 자신의 토지를 조금씩 나누어 농사를 짓도록 임대형식으로 분양하는 것 같다. 호기심에 내려 들어가 보니 탁 트인 넓은 밭을 열 평씩 바둑판처럼 나누어 놓았다. 농장 한가운데는 대형물통을 설치하여 밭에 물을 줄 수 있는 시설도 해 두었다. 가뭄에 대비하려는 세심한 배려도 엿보인다. 농장주인은 원두막도 있으니 농사 이야기도 하며 이웃과 정을 쌓으란다. 이것저것 채소를 심어 가꾸면 심심할 때 한 번씩 찾아와 돌보면서 신선한 밥상을 차릴 수 있겠다는 생각에 회원으로 가입하고 푯말에 '짱아(딸아이의 예명)네 농장'이라는 이름표를 달아놓았다. 이웃 밭에서도 아이들이 서로 자기 이름을 농장으로 하겠다며 실랑이를 한다. 알콩달콩 다투는 모습도 귀엽다. 흙을 만져보기 어려운 아이들에게 이렇게 작은 텃밭 형식의 주말농장 하나를 만들어 주는 것도 좋겠다는 생각이 든다. 가족끼리 의논하여 각자 좋아하는 채소도 심어보고, 채소를 기르면서 농사체험을 해보는 것도 산교육이 될 것 같다. 아이들을 키울 때는 이런 생각을 해보지 못하고 공부에만 관심을 가졌었다. 무엇이 아이들에게 더 유익한 것이었는지 생각하지 못했다. 세상을 살아가면서 다양한 것을 경험해 보는 것도 공부이고, 삶을 살아가는데 도움이 될 듯싶다.

작물을 심기 전 자갈을 골라내고 퇴비로 밑거름을 한 다음 밭이랑을 만들었다. 채소 심을 곳을 종류별로 분류한 다음 상치, 쑥갓, 아욱, 부추는 씨앗을 뿌리고, 완두콩과 땅콩은 한 뼘 넓이의 간격을 두어 세알씩 심었다. 고추 열다섯 포기, 가지 다섯 포기, 토마토는 내가 좋아하는 채소이기 때문에 스무 포기나 심었다. 옥수수를 가로 세로로 줄지어 심어 놓으니 손바닥처럼 작은 농장이지만 그럴듯한 채마 밭이 되었다.

처음 지어보는 농사라 언제 새싹이 돋아날지 알지 못했다. 이제나 저제나 싹이 나길 기다리는데 마음은 지루하고 조금해 졌다. 대단한 농사를 짓는 것도 아니면서 왜 조바심이 났는지 모르겠다. 파종한지 일주일쯤 지나자 새싹이 돋아났다. 다른 씨앗에 비하여 제일먼저 쑥갓이 고개를 내밀었다. 새싹이 고개를 내민 것이 신기하고 예쁘게 보였다. 쑥갓이 올라온 후부터 아욱, 상치, 완두콩 순으로 서로 경쟁이라도 하듯 하루하루 소복하게 새싹들이 올라오는 것이 신기하다. 모종한 고추와 가지, 토마토도 땅 냄새를 맡았는지 자리를 잡는다. 씨앗을 너무 많이 뿌려서 솎아 내야 하는데 선뜻 손이 가지 않는다. 내가 욕심이 많아서일까. 아깝다는 생각만 드니 어쩌랴. 초보농부는 새싹이라도 많은 것이 좋아보였다. 그러나 남편은 아까워도 속살이 훤히 보일정도로 과감하게 뽑아냈다. 그래야만 채소가 실하게 잘 자란단다.

비가 오지 않고 날씨는 점점 뜨거워지고 땅이 말라간다. 양동이와 물뿌리개를 이용하여 하루도 쉬지 않고 땅이 촉촉해질 때까지 물을 흠뻑 주었다. 그리고 잡초도 뽑아주며 채소가 숨을 쉴 수 있도록 김도 매주었다. 열 평 밖에 안 되는 작은 땅위에 밭농사를 짓는데 왜 이렇게 힘이 드는 것일까. 농부들은 수백 수천 많게는 수 만 평도 농사를 짓는다고 하는데 그들은 어떻게 힘든 과정을 거치며 농사를 짓는 것일까.

이런 생각을 하니 순간 고향에서 농사를 지으며 사셨던 시부모님의 모습이 떠오른다. 그 많은 농토를 가지고 허리가 휘도록 농사지어 구남매 공부 가르치고 키우신 분들이다. 다 성장한 후에는 분가시켜 내보내고 평생 돌아가실 때까지 손에서 괭이와 호미를 내려놓지 않으셨던 분들이셨기에 자식들을 위해 얼마나 많은 땀과 눈물로 고난의 길을 걸어 오셨을까를 생각하니 가슴이 먹먹해졌다.

드디어 고추, 토마토, 가지에 바라만 보아도 탐스러운 열매가 하나 둘 열리기 시작했다. 열매가 열리기 시작하니 그동안 힘들었던 일들이 싹 가시는 것 같았다. 그런데 웬일일까? 주렁주렁 달린 토마토 잎사귀가 갑자기 오므라든다. 당황하여 농사경험이 있는 이웃에게 물어보니 진딧물 때문이란다. 줄기와 잎사귀에 새까맣게 번져가는 진딧물을 떼어내고 몸에 해롭지 않다는 생약을 뿌려주니 잎이 서서히 살아나며 토마토가 싱싱해졌다. 어찌나 속이 타던지 밤잠을 못자고 걱정했었다. 열 평의 농사거리에도 이 정도인데 농부들이 피땀 흘려 다 지어 놓은 농사를 한순간 가뭄이나 태풍으로 수확하지 못하고 피해를 보았다면 얼마나 큰 상심과 충격을 받을까. 천재지변에 망연자실하던 그분들의 마음을 이해할 것 같았다.

정성을 쏟은 탓일까. 채소들이 잘 자란다. 쨍쨍하게 내려쪼는 햇볕이 곡물이나 채소에는 영양제인지 빛깔이 선명하고 곱다. 탐스럽게 익어가는 토마토를 수확하던 첫날 애태우며 가꾼 열매여서인지 선뜻 따지 못하고 망설이기도 했다. 그만큼 애착이 스며있었나 보다. 하나씩 따서 바구니에 담던 손길이 아이를 다르듯 조심스러웠다.

날씬한 고추는 빼곡히 자리다툼을 하며 열린다. 주먹만큼 큰 빨간 토마토를 하루에도 대여섯 개씩 따고, 주렁주렁 달린 가지는 따내기가 바쁘게 커버렸다. 상치와 쑥갓도 뜯어서 한소쿠리 담아와 옆집과 윗집에 골고루 나누어주니 무공해 채소라며 좋아한다. 내가 직접 길러 나누어주는 이 기쁨을 왜 진작 알지 못했을까. 좀 더 일찍 알았더라면 더 많은 것들을 이웃과 나누며 지냈을 텐데 하는 생각을 하니 내년에는 더 많이 심어볼까 욕심도 났다. 이웃들도 내년에는 주말농장에 같이 동참을 하겠다고 하니 힘이 난다. 혼자 하는 것보다 같이 다니면 힘도 덜 들고 심심하지는 않겠다.

아욱을 뜯어 국을 끓이고, 가지는 쪄서 무치고, 쑥갓을 섞어 상치쌈을 크게 싸서 입에 넣고, 아삭아삭 풋 고추를 날된장에 찍어 함께 먹으니 달착지근한 맛이 일품이다. 어디서 이런 맛을 볼 수 있겠는가. 혼자서 흐뭇한 미소를 짓는다. 나에게 스스로 대견하다고 말하고 싶어졌다. 밥상을 물리고 후식으로 먹는 토마토는 금상첨화다. 이보다 더 푸짐하고 맛있는 밥상이 없을 듯하다.

팔월 초순이면 김장배추 심을 시기가 된다. 빨갛게 익어가는 고추와 땅콩은 남겨두고, 청경채를 심었던 자리를 다시 정리하여 땅에 퇴비거름과 한약방에서 약을 짜고 남은 찌꺼기를 얻어다 썩혀서 흙과 고루 섞어 밭두둑을 만들었다. 길게 비닐 포장을 씌운 후 포기와 포기 사이를 적당한 간격을 두어 구덩이를 파고 물을 준 다음 김장배추를 한 포기씩 심었다. 비닐을 덮는 이유는 햇빛에 소모되는 수분을 막고 잡초가 자라지 못하게 하는 것이란다. 모종을 하고 이틀 후 나와 보니 말라 죽은 것도 있고 벌레가 파먹었는지 군데군데 비어 있다. 겨우 이틀이 지났을 뿐인데도 벌써 배추를 빼앗아가는 경쟁자가 생겨났다. 다시 배추모를 사다 심었다. 수시로 물도 주고 벌레도 떼어내며 정성껏 보살펴 주었다. 채소도 주인의 발자국 소리를 들어야 잘 자란다는 말이 있듯이 주인이 관심을 쏟자 배추도 잘 자랐다. 씨앗을 뿌린 총각무도 잎과 줄기가 굵어지면서 알이 통통해지고 있다. 한쪽에서는 땅콩도 여물어간다. 고추는 따서 태양초로 말려 김장에 사용해야겠다. 직접 기른 고추를 이용하여 김장을 담가서 경로당 어르신들에게도 가져다 드려야겠다.

하루가 다르게 쑥쑥 커가는 채소를 보고 있노라면 바라만 보아도 마음이 뿌듯하여 시간가는 줄 모른다. 이 맛에 농부들도 시름을 잊고 농사를 짓는 것 같다. 주말이면 농장 이웃들끼리 원두막에 모여 삼겹살 파티도 한다. 집집마다 돌아가면서 삼겹살과 소주를 준비하고, 나는 토마토를 갈아서 음료수로 만들었다. 야채는 각자 밭에 심은 것을 뜯어와 쌈을 싸서 먹으며 서로 자기가 지은 농사가 잘되었다고 자랑하느라 시간가는 줄도 모른다. 이 얼마나 정다운 풍경인가. 전원 속에서 이웃들과 더불어 사는 재미가 쏠쏠해 행복하다고 하는 사람들이다. 비록 열 평의 작은 땅에서 농사를 지으면서도 마음은 몇 만평 농사를 짓는 농부들처럼 풍요롭고 행복해 한다. 이처럼 작은 것에서도 우리는 많은 것들을 가진 것처럼 행복을 만들어

갈 수 있다. 꼭 많이 가져야만 행복한 것이 아닌 것처럼.

　저녁하늘을 붉게 물들이는 낙조가 오늘은 왠지 더 황홀해 보인다.

뚱보 아줌마

주말이 되면 일주일분의 부식과 생활필수품을 사기 위해 대형마트에 간다.

불과 몇 년 전만해도 재래시장에 다니기를 좋아했었다. 저렴한 가격에 신선도 있는 물건을 생산자와 직거래 할 수 있고 덤으로 얹어 주는 인정이 있어서였다. 그러나 지금은 재래시장보다 대형마트를 선호한다. 넓은 주차시설과 힘 안들이고 쉽게 한 공간에서 모든 것을 다 구입할 수 있어서다.

이것저것 구경하며 메모해온 물건을 카트에 담았다. 계산대로 향하다 빠트린 것이 있어 카트를 놓아두고 빠진 물건을 가지고 돌아왔다. 급히 걸어오는 내 모습을 유심히 보고 있던 남편의 표정이 전과 다르다는 생각이 들었지만 무심히 넘겨 버렸다.

다음 주말이다. 마트에 갈 시간이 지나도 남편은 왠지 나설 생각이 없는 것 같다. 슬그머니 다가가 재촉해 보았지만 요지부동이다. 알 수 없는 행동이 수상쩍어 눈치만 살피며 부아가 치밀어도 참고 있는 중인데, 느닷없이 하는 말이 "뚱보 아줌마 하고는 창피해서 다시는 쇼핑가지 않겠어!"라고 한다. 어안이 벙벙하고, 뒷머리를 한대 맞은 기분이다. 부부지간이라 해도 면전에서 어찌 저런 말을 할 수 있을지 생각할수록 남편이 야속하기만 하였다. 몹시 상한 마음을 추스르며 나 자신을 뒤돌아보았다. 날씬했던 몸매가 언제부터 뚱보 아줌마로 변했을까? 혼자서 고민하다 아이들에게 속내를 털어 놓았다. 아이들 역시 "엄마 체중 조절 좀 하셔야겠어요!" 이구동성이다.

그동안 음식을 대할 때마다 별미라서, 맛있어서, 남은 음식 아까워서, 상할까봐 등등. 내가 식사하는 모습을 지켜보던 가족들이 차마 안쓰러워 말을 못했었나 보다. 몇 년 전에 비해 무려 십여kg이 늘었다. 과체중이다 보니 몸이 무거워 움직이기가 싫어졌고, 잠은 또 왜 그리 달게 오는지 먹고 자고를 반복하였다. 운동량에 비하여 먹는 칼로리가 많아 체중이 늘어나는 것이 당연했으리라. 매사에 의욕마저 떨어지고 여기저기 아픈 곳만 생긴다. 이래서는 안 되는 줄 알면서도 운동을 해야지 하는 것은 머릿속에만 맴돌 뿐 행동이 따라주지 못했다. 차일피일 미루고 있던 중 길 건너에 헬스장이 있다는 것을 알았다. 아들이 체중감량이 가능하고 건강에 좋다고 적극 권한다. 망설임 끝에 용기를 내어 찾아간 헬스장은 건물 맨 위층에 자리해서 전망도 좋고 깔끔한 분위기가 마음에 들었다. 중고등학생에서부터 칠순 노인까지 연령에 관계없이 운동하는 모습에서 싱그러운 젊음마저 느껴진다. 나도 날씬해 질 수 있다는 희망이 생겼다. 바라보는 것만으로도 몸에서 살이 빠져 나가는 것 같은 착각이 들었다. 그날로부터 운동을 시작했다.

가만히 앉아 있어도 땀이 줄줄 흐르는 삼복더위다. 각오를 단단히 하고 러닝머신에서 뛰고, 자전거 타기, 윗몸 일으키기 등으로 강도를 높여 나갔다. 삼십 여 가지의 기구를 이용하는 운동을 다 할수는 없었지만 열심히 했다. 운동의 강도에 따라 흐르는 땀이 소낙비를 맞는 것처럼 온몸이 흠뻑 젖는다. 처음 며칠은 지치고 힘이 들어 밤이면 끙끙 앓으면서도 하루도 쉬지 않았다. 그런데 웬일인지 줄어야 할 체중계의 눈금이 떨어지는 것이 아니라 자꾸만 높아졌다. 입맛이 더욱 좋아지니 음식도 맛있어지고 체중이 더 늘어나는게 아닌가. 운동을 잘못 시작했다는 후회가 되면서 그만 둘까도 생각했다. 그러나 지금까지 해왔던 노력과 시간, 체력, 돈을 낭비하고 여기서 그만 둔다는 것이 억울하다는 생각이 들었다. '다시 시작해 보자, 이건 자신과의 싸움이다'라며 나 스스로를 달래며 두 주먹 불끈 쥐고 뛰고 또 뛰었다. 노력의 결과는 있는 것인가 보다. 드디어 1kg, 1.5kg, 줄기 시작하여 육 개월 만에 6kg이 감량되는 걸 보면서 목표를 세우고 노력하면 좋은 결과가 만들어진다는 것을 새삼 확인할 수 있었다.

작아서 입지 못했던 옷들이 이제는 넉넉하여 편하다. 거리를 걸을 때도 운동하던 습관이 있어 허리를 꼿꼿하게 펴고 앞을 보며 활기차게 걷는다. 더구나 혈액순환이 잘 되게 하는 물구나무서기는 팔과 다리의 저림이 없어지게 만들어 건강에 좋은 것 같다. 식사량을 줄이고 소식小食을 하려고 애쓴다. 아니 실컷 먹어도 먹은 만큼 뛰면서 칼로리를 소모시키기 때문에 걱정이 없다. 예전에는 헬스라는 운동이 남성 전용 운동인 줄 알았지만 이제는 남녀 구분 없이 다이어트를 하려는 건강 운동으로 대중화 된 것 같다. 운동기구가 과학적이고 체계적이다. 시간에 구애받지 않고 내가 하고 싶을 때, 할 수 있는 만큼 목표를 세워서 적당히 조절하면 건강한 몸매를 유지하게 되는 것 같다.

예전의 모습은 아니지만 군살이 부쩍 줄어 옷맵시가 나고 활기찬 모습을 보며 자식들이 좋아한다. 주말이면 남편도 쇼핑하러 가자고 먼저 서두른다. 남편이 했던 뚱보 아줌마라는 말이 자극이 되어 시작한 운동이지만 내 적성과 체력에 맞는 운동을 하면서 나는 많은 것을 얻었다. 건강과 가족들의 사랑이다. 덤으로 남편의 사랑은 보너스다.

오늘도 나는 경쾌한 음악에 맞추어 뛰고 또 뛴다. 다이어트를 하려는 것보다 이제는 건강하고 활기찬 생활을 하겠다는 생각에서이다. '뚱보 아줌마'라고 남편이 자극을 주지 않았다면 지금의 내 건강이 유지되고 있었을까? 처음에는 서운했지만 남편에게 감사해야

겠다. 내가 더 날씬해지면 남편은 그 땐 뭐라고 할까. '날씬한 아줌
마?' 남편의 반응이 기대된다.

묵 파는 여인

가을볕이 살랑거리며 바람에 묻어 다가온다. 세상의 모든 만물을 풍성하게 살찌게 하는 햇살이 감사하다. 잘 느끼지 못하고 무심하게 지나칠 수 있기에 햇살의 따스함을 느낄 수 있다면 이 역시 축복이다. 거리에도 사과와 배, 감과 같은 가을 과일들을 파는 상인들이 좌판을 벌려놓았다. 빛깔 고운 탐스러운 과일이 사먹고 싶을 정도로 침샘을 자극한다. 풍요로움이 이렇게 기분 좋은 선물인지 잘 모르고 살아왔었나 보다.

이것저것 구경을 하는 재미에 빠져 있을 때 "묵 드시고 가시소! 우리 토종 묵이라 예!" 하는 외침이 정적을 깬다. 커다란 외침에 깜짝 놀라 소리가 들렸던 곳을 바라보니 한 여인이 묵을 팔면서 손님을 부르고 있었다. 곁눈질로 여인을 흘낏 바라보았다. 행색은 초라

했어도 단정하고 선한 인상이 믿음이 갔다. 나도 모르게 이끌리듯 좌판 앞으로 다가가보니, 빨간 고무대야에 차곡차곡 정갈하게 묵을 쌓아 놓았다. 묵이 야들야들하니 탄력이 느껴졌다. 굳이 국산묵이라는 말을 하지 않아도 신뢰할 만큼 탱탱해보였다.

내가 묵을 골똘히 쳐다보고 있자 여인은 도톰하게 자른 묵 한 점을 양념장에 찍어 얼른 입에다 먹여주는 게 아닌가. 얼떨결에 받아먹었다. 길거리에서 처음 보는 사람이 먹여준 묵을 받아먹는 다는 것이 당황스러웠지만 맛은 참 좋다. 떫은듯하면서도 쌉쌀한 토종 특유의 묵 맛이다. 더 먹고 싶은 충동이 일어 슬그머니 좌판 옆 비치파라솔 의자에 가서 앉았다. 기다렸다는 듯 여인은 마치 손님 접대라도 하는 양 "많이 드시소!" 하며 묵 한 접시를 썰어 내놓는다. 묵을 썰어 내 놓는 모습이 장사치들이 물건을 팔려는 생각에서 행동하는 것과는 확연히 다르다는 것을 느꼈다. 꼭 이웃집 사람이 집으로 놀러온 사람에게 묵을 잘라주는 것 같은 친근함이 묻어났다.

내가 자리에 앉아 말동무가 되자 그녀는 자기의 과거를 신세 한탄하듯 털어 놓았다. 경상도로 시집가서 첫 남편은 임신한 아이가 잘못 되어 수태할 수 없는 몸이라 하여 소박맞아 쫓겨났고, 두 번째 남편은 상처한 아이가 셋이나 딸린 홀아비였단다. 아내 병수발 하느라 빈털터리가 된 남자였어도 훤칠하게 잘생긴 인물에 반하여 집으로 따라 들어가 보니, 어린 세 남매가 새엄마 왔다고 우르르 달려드는데 측은지심에 키워보겠다고 작정을 하였단다. 두 팔 걷어 부치고 이일 저일 가리지 않고 억척스럽게 일하여 아이들 둘 대학 졸업시키고, 막내가 고등학생이 되었을 무렵 장삿길에 운전을 하고 돌아오던 남편이 교통사고로 저세상으로 먼저 떠났다고 한다. 하늘도 무심하지 이 무슨 날벼락인가, 너무 기가 막혀 눈물도 나오지 않았다고 한다. 그러나 그게 다가 아니었단다. 애지중지 키운 아이들마저 제 피붙이 찾아간다며 냉정히 돌아서서 떠나버렸다고 한다. 허무한 인생을 신세 한탄으로 세월을 보내다가 세 번째 남편을 만났는데 역시 몇 년 살다가 간암으로 또 사별을 하였으니 여인은 "남편 복 없는 년이 세 번씩이나 팔자를 고치려 욕심을 부리다가 벌을 받은 거라"며 흐느낀다. 참으로 박복한 여인이라는 생각에 흐느껴 우는 가여운 여인의 어깨를 꼭 감싸 안아주었다. 그녀라고 여러 번 결혼하고 싶어서 했겠는가. 운명이라는 이름으로 다가온 현실을 인간의 몸으로 어쩌지 못하고 받아들이며 순응하고 사는 것이 연약한 우리 삶인 것을.

그 후로 나는 일주일에 한 번씩 화요일이면 좌판을 벌리는 그녀에게 묵을 사러갔다. 묵을 사러갔다가 보이지 않으면 혹시 어디가 아픈 것일까? 하는 걱정이 되어 무슨 일이 있는지 궁금해 하며 되돌아오곤 하였다. 그 사이에 친근함이 생겨 안부를 걱정할 만큼 마음속에 그녀가 자리 잡고 있었다.

장터나 마트에 가면 얼마든지 살 수 있는 묵인데도 내가 굳이 이

좌판을 찾는 이유는 좋아하는 토종 묵이라고 해서만은 아니다. 그녀의 순수하고 진실하게 느껴졌던 성품 때문이었다. 그녀는 은근히 사람의 마음을 움직이는 매력이 있었다. 생면부지의 사람을 길거리에서 만나 가슴속에 숨겨져 있던 서로간의 지난 과거를 이야기할 수 있다는 것은 마음을 열지 않으면 어려운 일이다. 또한 믿음이 가지 않으면 어떻게 가슴속에 숨겨왔던 지난 과거를 털어 놓을 수 있겠는가. 그렇게 마음에 쌓인 정이 연민으로 느껴졌다.

사람이 산다는 것의 궁극적인 목적이 무엇일까. 잘사는 것. 행복해야 한다는 것. 그러한 피상적인 목적보다는 가슴 따뜻한 정을 나누는 것이 어쩌면 이 가을날 우리가 살아가면서 행복해 할 수 있는 최상의 아름다움이 아닐까. 묵을 파는 저 여인에게도 네 번째 왕자 같은 멋진 남자를 만나 노후라도 편안하고 행복하게 살았으면 좋겠다는 바람을 가져본다.

반야사를 찾아서

　산자수려한 명당자리엔 아름다운 도량이 자리해서일까 여행을 할 때면 먼저 사찰이 있는 곳을 행선지로 정하곤 한다. 때마침 친정집 가는 근교에 자리한 반야사를 참배하기로 하였다.

　경부 고속도로 중간지점인 영동군 황간면 우매리. 입구에서 4km 정도 올라가면 백화산에 위치한 반야사가 보인다. '반야'는 깨달은 지혜라는 뜻이다.

　반야사는 주변 환경의 지명부터 색다르다. 일명 연화천이 흐르는 계곡을 끼고 오르면 굽이치는 요란한 물소리의 방화탕을 지난다. 고요한 호수 무심지에서 둘러보니 맑은 물에 비친 기암절벽에 곱게 물든 단풍이 절경이다. 수월대를 지나 서서히 오르니 경내의 모습이 나타난다. 사방이 병풍처럼 산 능선이 둘러쳐 있어 아늑하고 포근하다.

도량으로 들어서면 마주 보이는 산자락에 거대한 호랑이 형상이 눈을 사로잡는다. 신기할 정도다. 언제부터 나타났는지는 알 수 없으나 어쩌면 반야사를 지켜주는 산신이 아닐까라는 생각이 불현 듯 들었다. 대웅전에 들어가 정성껏 향을 사른 후 삼배를 했다. 부처님의 모습이 잘 왔다고 반기는 듯 자애로웠다.

천년이 흘러 고목이 된 백일홍 나무, 우뚝 서 있는 반야검, 이끼가 잔뜩 낀 석탑, 얼마나 많은 사람들이 이 탑을 돌며 소원성취를 빌었을까 생각하니 그 옛날의 잔잔한 숨결이 느껴지는 듯하다.

경내를 뒤로 하고 숲길로 돌아가 보니 연화천 계곡의 맑은 물이 시리도록 투명하다. 금방이라도 물고기들이 튀어 오를 것만 같다. 무설대, 수호대, 망경대, 포성봉 밑의 깊은 협곡, 너무 깊고 험해서 한 번 들어가면 다시 나오지 못한다 하여 열반의 언덕 일명 저승골이라 한다. 일천일백 여년의 역사를 지닌 신라시대의 천년고찰이지만 사람들의 발길이 뜸하여 고요하다.

친정 할머님은 정성이 지극한 불자이셨다. 절에 가는 날이면 동이 트기 전 찬물에 목욕재계하시고 단정한 모습으로, 양초 한 통과 쌀 한 자루를 머리에 이고 가서 이삼일 씩 불공을 드리셨다. 유년시절에는 가끔 따라다녔는데 일주문을 지나 사천왕문에 들어서면, 옆구리에 칼을 차고 떡 버티고 서 있는 도깨비 형상이 무서워 할머니 치맛자락을 꼭 잡고 들어갔던 생각이 떠오른다. 대웅전에서 할머니 따라 절을 하며 바라 본 부처님 모습이 나를 지켜주는 것만 같아 좋왔다. 그때부터 나도 어른이 되면 할머니처럼 불자가 되겠다는 생각을 하게 되었는지도 모른다.

절집에 오면 마치 내 고향집에 온 것처럼 포근하고 편안하다. 일상에서 얽매였던 짐을 내려놓은 때문일까. 나는 신심이 부족한 불자여도 부처님께 귀의하고 싶은 마음으로 정성껏 기도한다.

곱게 물든 단풍이 낙엽 되어 떨어지고 겨울이 오면 하얀 눈으로 덮일 것이다. 백화가 만발한 설경의 아름다움을 상상해 보며 갈 길을 재촉했다. 무사히 잘 돌아가라고 빌어주는지 목탁소리가 들려오는 듯하다.

|4부|

어머니의 눈물

행복이란 무엇일까?
나와 이웃의 모든 사람들이 정을 나누며
환하게 웃을 수 있는 세상에서 더불어 살아가는 것이 아닐까.

어머니의 눈물

어머니! 나는 어머니란 단어만 들어도 가슴이 떨리고, 그립고, 보고 싶다. 누구나 어머니에 대한 추억과 사랑과 그리움이 많겠지만 나는 우리 어머니가 살아오신 세월을 잊을 수 없다.

내 어머니는 일제 강점기에 태어나시어 20세에 결혼하셨다. 어머니는 가끔 "너희 아버지가 결혼하면 일본으로 데려간다고 하여 신천지에 가고 싶어 시집왔더니, 한평생을 이 모양으로 사는구나!" 하시며 아버지와 결혼하신 것을 후회하듯 말씀하셨다. 어머니와 아버지와의 만남과 결혼 그 속에 감추어져 있는 사연을 내가 다 알 수는 없었지만 간혹 어머니가 넋두리처럼 하시는 말속에는 아버지에 대한 연민만이 있는 것이 아니라는 것을 알 수 있었다.

외가댁 가족들이 둘러앉아 담소를 나누던 중 외할아버지께서 어머니에게 마당 한쪽에 있는 우물을 가르치며 "가서 물 한 사발만 떠 오너라"하고 심부름을 시키셨단다. 어머니는 외할아버지의 엄명을 듣고 우물로 달려가 두레박으로 물을 떠왔는데 그때 담 너머에서 아버지가 어머니가 어찌 생겼는지 보고 갔다는 것이다. 아마도 어른들끼리는 이미 결혼을 시키겠다는 의사 표시가 있었던 것이겠지만 어머니는 그 사실을 까맣고 모르고 있었다는 것이다. 아버지가 다녀간 후 혼담이 급속도로 빠르게 오갔고, 결혼을 하셨단다.

당시 일본에서 유학 중이었던 아버지는 결혼을 하고 얼마 지나지 않아 시부모님 모시고 살고 있으면 언젠가 데려가겠다는 말만 남기고 아버지는 혼자 훌쩍 떠났다고 한다. 이제나 저제나 남편을 기다리는 새색시의 외로움이 어떠하였을까? 제대로 남편의 사랑도 받지 못하고 외롭게 시부모를 모시고 살아가야 했던 어머니의 가슴속은 매일 용광로처럼 타들어 갔을지 모른다. 그래도 참고 견딜 수 있었던 것은 매운 시집살이 대신 딸처럼 사랑스럽게 감싸주시며 아껴주시던 시부모님 때문이었다고 한다.

해방이 된 후 아버지가 돌아오셨단다. 아버지는 돌아오는 길에 유성기(오디오)와 재봉틀을 사오면서도 어머니에게 줄 선물 하나 들고 오지 않았단다. 긴 시간을 홀로 시부모님을 모시며 살아왔는데 몇 년 만에 돌아오는 지아비가 작은 코티분이나 구리무(크림)라도 한 통 사올 줄 알았더니 빈손으로 왔다는 사실이 너무나 서글퍼 야속했었다는 푸념을 하시곤 하였다.

고향의 읍사무소에 근무하게 된 아버지는 퇴근 후에도 이 핑계 저 핑계로 곧장 귀가 하지 않았고, 면소재지로 발령이 났을 때에도 집에 자주 오시지 않았단다. 같은 하늘아래 살면서도 집에 잘 들어오지 않는 아버지를 찾아간 어머니는 오히려 아버지의 "당장 돌아가라"는 불호령에 아무 말도 못하고 눈물만 흘리며 돌아오셨다고 한다. 아버지는 주변 여인들에게 인기가 좋으셨는지 어머니의 얼굴조차 마주하지 않으려 하셨고, 아무 말도 못하고 아버지를 먼발치에서 바라보는 어머니는 냉가슴만 태우셨다고 한다. 아버지에게 어머니의 존재는 무엇이었을까. 부부라기보다는 어쩌면 시부모님을 모시고 자식들이나 키우며 살림살이나 하는 존재로 인식되지는 않았을까. 아버지의 잘난 위치는 거꾸로 어머니에겐 슬픈 전주곡 같은 것이었다. 많이 배우고, 떳떳한 직장에 용모가 수려했으니 여인들에게 인기가 많다는 것은 당연한 것이었을 것이고, 시골에서 꾸미지 못하고 집안 살림에 시부모님 공양으로 고생하는 어머니의 모습은 신식공부를 하고 돌아온 아버지의 눈에 흠모의 대상은 아니었을 것이다.

　6·25사변이 발발하면서 아버지는 사상과 이념이 다르다하여 경찰의 감시를 받게 되자 모든 일을 어머니께 떠맡기고 친척이 사는 대구로 가셨단다. 집안의 대소사는 물론 농사일과 틈틈이 재봉틀로 삯 바느질을 하며 시부모님 봉양과 자식들을 키우시던 어머니는 가장 아닌 가장이 되어야 했다. 전쟁이 끝나고 대구에서 복직되신 아

버지는 처음엔 주말마다 다녀가시더니 점점 친가에는 발걸음이 뜸
하셨다. 아버지의 발길이 뜸해지니 들려오는 풍문에 아버지가 바람
이 났다는 것이었다. 풍문은 바람기에서 첩을 들였다는 소문으로,
다시 딸애까지 낳았다는 것이다. 점점 소문이 사실처럼 들려오기 시
작하자 애써 참으며 아니라고 부정하던 어머니가 확인을 해 보겠다
며 아버지를 찾아 나섰다. 설마 설마하며 아버지가 살고 있는 집을
찾아간 어머니는 키 크고 짧게 파마머리를 한 신여성이 아이를 앉
고 있는 모습을 확인하였다고 한다. 그런데 아버지는 충격에 휩싸여
제대로 서 있지도 못하는 어머니에게 "나는 이곳에서 직장에 다니
며 봉급 때마다 갈 것이니 당신은 시부모님 모시고 아이들 키우며
사시오"라는 청천벽력 같은 말을 했다고 한다. 어머니는 가까스로
돌아와 할아버지께 말씀드리게 되었고 결국 할아버지는 아버지에
게 도시생활을 끝내고 귀향하라고 하셨다. 어쩔 수 없이 귀향한 아
버지는 그 후 두 집 살림을 시작하셨고, 아버지가 작은 집에 가시는
날이면 어머니는 안절부절 생병을 앓으셨다. 다른 여자를 얻어 아이
까지 얻은 아버지. 씨앗을 보면 돌부처도 돌아앉는다는 옛말도 있
건만 어머니의 심정이 어떠하였을까. 가슴은 시커멓게 탔을 것이고,
머리는 하얗게 백지장이 되었을 게다. 그때는 내가 철이 없어 잘 알
지 못했지만 그래도 어머니가 가슴에 묻고 살았을 그 분노와 고통
과 서러움과 배신감은 뼈에 사무치도록 아팠을 것이다.

아버지는 사랑방에 손님을 청해서 시국을 논하고, 책을 읽고, 유
성기에 레코드를 걸어 놓고 음악을 들으며 세월을 보내셨다. 어찌

그리도 당당한지 아버지는 온갖 투정을 부리곤 하셨다. 그럼에도 아무런 잘못도 없이 죄인처럼 말 한마디 못하고 사시던 어머니는 여자여서 죄인이 되었다. 남성우월주의 사상에 갇힌 당시의 시대상이 힘없는 여성들에게는 참기 어려운 인내와 복종과 순종을 강요했다. 여자로 태어난 것도 죄란 말인가. 아니면 시대를 잘못 타고난 여인들이 겪어야 하는 숙명이란 말인가. 어머니를 보면서 나는 결코 어머니처럼 살지 않겠노라고, 내 이상에 맞는 사람과 결혼하겠다고 다짐했었다.

어머니를 보면 늘 측은지심에 가슴이 아팠다. 어머니를 감싸 안으려 하지 않고 사셨던 아버지가 원망스러웠다. 농토는 많았지만 대 종가집이어서 일 년에 열두 번씩 제사를 지내야 하고 자식들 먹이고 입히고 가르쳐야 하는 생활비는 감당하기 힘들었다. 직장이 없는 아버지는 음악과 친구를 벗하여 놀며 좋은 세상을 보냈지만 가세가 자꾸 기울어지자 궁여지책으로 여기저기 흩어져 있던 땅을 정리하여 집 가까이에 옥토를 장만하여 목돈이 될 수 있는 과수나무를 심고 특수작물을 재배하였다. 마을 이장 일과 농협 일을 맡아 보며 마을을 위해 군청에 진정서를 내어 가뭄대비 저수지를 만들었고, 신품종이 들어오면 시범농사를 지어 마을사람들에게 전수하며 마을의 가난한 이웃에는 대여양곡을 타다 주기도 하였다. 떠돌이로 들어오는 불쌍한 사람에게는 집과 먹을 것을 구해주기도 하여 남들에겐 인정 많은 훌륭한 분으로 회자되었다. 나름대로 신지식을 도

입하고 봉사도 하였지만 마음먹은 대로 되지 않아 고생을 하셨고, 마을사람들의 농자금 대출에 보증을 서는 바람에 빚까지 떠안게 되어 집안이 파경에 이르렀다. 다행히 서울 부잣집으로 시집간 큰 언니의 도움으로 빚은 청산 되었지만 가세가 기울게 되니 아버지는 경제권을 어머니께 넘기고 뒷짐만 지고 계셨다. 그때부터 어머니의 고생은 또다시 시작되어 돈이 되는 일은 마다하지 않았다. 자식들의 학비를 마련하기 위해 낮에는 힘든 농사일에, 늦은 밤까지 삯바느질을 하느라 재봉틀을 돌리셨다.

어머니는 유복한 집안의 외동딸이었지만 여자가 공부를 많이 하면 팔자가 사나워진다는 만류로 보통학교(초등학교)도 졸업을 못하였다. 가끔씩 외할머니가 다녀가시면 책가방 속에 수업료가 들어 있었는데, 늘 당신이 못한 공부에 대한 한이 남아 여자도 배워야 남편한테 대접을 받는다며 우리 네 자매를 고등학교까지 졸업을 시키실 정도로 못 배운 한을 자식들을 통해 달래려고 하셨다.

언젠가 보름달이 대낮처럼 환한 밤에 영화구경을 하시라고 극장표를 사다드리니 어머니는 소녀처럼 좋아하셨다. 분단장하고 나가실 때는 아버지 뒤를 따랐는데 돌아올 때는 따로따로 오시던 두 분 모습이 떠오른다. 그때가 아버지와 어머니의 인생에 있어 두 분만의 마지막 외출이 될 줄은 꿈에도 몰랐다. 예기치 못하게 아버지는 이른 나이에 이승을 떠났다. 단명하셨지만 돌아가시는 날까지 책을 머리맡에 두고 읽으시던 아버지였다. 어머니께는 한없이 냉정한 분이었지만, 박식하고 예술에 관심이 많으셨던 분이다. 그럼에도 그 넘치는 끼를 제대로 펼치지도 못하고 생을 마치셨다. 그런 아버지를 생각하면 한편으로는 연민이 느껴진다. 어머니 또한 어머니에게 걸맞은 분과 결혼하였더라면 행복하셨을 것이다. 어긋난 사랑의 실타래가 두 분 모두에게 가슴에 멍울로 남아 아쉬움이 크다.

어머니는 정이 깊으신 분이었다. 대구에서 작은 어머니가 오는 날에는 미울 수밖에 없는 여인임에도 자매지간처럼 반갑게 맞아주며 며칠씩 묵고 가는 길에 이것저것 한 보따리씩 싸서 보내곤 하셨다. 말년에 뇌경색으로 쓰러져 거동조차 못하고 자리보전하시다가 5년 만에 돌아가시어 자식들 마음이 얼마나 애달팠는지 모른다. 한 많은 생을 살다 가신 어머니는 살아생전에 나는 죽어 저승에 가더라도 너희 아버지와는 만나지 않겠다고 하셨는데 정작 돌아가실 때는 아버지와 합장하여 달라는 유언을 하셨다. 왜 어머니의 마음에 변화가 일었을까. 아버지에 대한 원망이 애증이 되어 저승에서나마 화풀이라도 하시고 싶으셨던 걸까.

비록 이상에 맞지 않아 평생을 외로움 속에서 사신 분들이지만, 아버지는 어머니 곁에서 운명하셨고, 어머니는 미우나 고우나 아버지를 용서하고 남편으로 섬기셨다. 철부지 어릴 때에는 왜 어머니는 저리 답답하실까? 왜 아버지께 당신의 의견을 당당하게 내색하지 못할까. 원망한 적도 한두 번이 아니었다. 이제와 생각해 보면 그 일이 너무나 죄스럽다. 어쩔 수 없었던 시대를 살아오신 어머니에 대한 이해가 부족했기 때문이리라.

어머니는 인고의 세월을 보내며 조강지처의 자리를 지키셨던 여
성상으로 언제까지나 내 마음속에 살아계신다. 오늘따라 부모님 생
각에 가슴이 저려온다. 부디 저승에서는 아버지 어머니, 서로 등 돌
리지 마시고 다정한 부부로 편안하게 사시길 빌어드립니다.

단팥빵

띵!~ 동!~ 현관 벨이 울린다. 이 밤에 누구지? 올 사람이 없는데 하고 확인해 보니 사위가 아닌가. 이 밤중에 연락도 없이 오다니 무슨 일이 생긴 걸까. 짧은 시간에 별 생각이 다 든다. 얼른 현관문을 열어 주니 상자 하나를 불쑥 내민다. 보따리 속에서 고소하고 맛있는 향내가 코끝을 스친다. 옛날 맛 빵집으로 유명세를 탄다는 곳을 찾아가 사왔단다. 우리 내외가 단팥빵을 좋아 하는 것을 아는 인정 많은 사위는 퇴근길에 종종 사다주곤 한다. 그리 달지도 않고 통팥을 넣어 씹히는 맛도 있고 적당히 간이 배어 맛있다. 단팥빵을 좋아 하는 남편은 한자리에서 두세 개는 먹지만, 나도 덩달아 좋아하게 된 것은 어쩌면 유년시절의 추억 때문이 아닌가 싶다.

초등학교 6학년 여름 방학 때였나 보다. 막내 동생을 업은 엄마는 한 손에 보따리를 들고 한 손은 내 손을 잡은 채, 기차와 버스를 몇 번 갈아타고, 강원도 화천 최전방을 찾아갔다. 그 먼길을 차멀미를 하며 고생 끝에 도착한 곳이 큰언니 집이었다. 큰언니는 형부와 군 부대에 간식용 빵을 납품하는 공장을 운영하며 살고 있었다. 결혼 하기 전에는 날씬했었는데 남산만 하게 부른 배를 부여잡고 대문에 서서 반겨주는 언니가 초등학생인 나로서는 왠지 낯설게 느껴졌었 다. 어색해 하며 엄마의 치마 자락 뒤로 숨은 내 손을 덥석 잡고 언 니는 뒤뜰에 있는 빵 공장으로 데리고 갔다. 상자마다 가득 가득 산 더미처럼 쌓아 놓은 빵을 바라보는 나는 눈이 휘둥그레졌다. 도시 사람들이 제과점에서나 사먹을 수 있는 귀한 빵이 아닌가. 먹고 싶 은 대로 먹으라는 언니의 말이 떨어지기가 무섭게 부드럽고 달콤한 단팥빵을 먹고 또 먹었다. 실컷 먹은 뒤 그제야 밖으로 나와 주위를 살펴보니 사방은 군부대다.

노릇노릇하게 구워져 나오는 어른 손바닥만 한 앙꼬빵(단팥빵)에 솔로 물엿을 살살 바르면 반지르르 하게 윤이 나며 먹음직스럽다. 하얀 빵 위에 우유가루와 버터 황설탕으로 버무린 고물을 한줌 수 북하게 얹어 구운 곰보빵(소보로빵)은 또 얼마나 고소하던지. 빨갛게 달구어진 가마에서 철판 가득히 구어서 나오는 따끈따끈한 빵을 바 라보고 있노라면 입안에 군침이 돈다. 졸졸 따라 다니며 이것저것 묻는 꼬마가 귀찮기도 하련만, 예쁜 모양의 과자를 만들어 주던 인 자한 제빵사 아저씨의 모습도 떠오른다. 나도 커서 어른이 되면 맛 있는 빵을 만드는 제빵사가 되어야지 하고 꿈을 키우기도 했었다.

해산 날이 가까워 오는 큰 언니를 위해 엄마는 출산 준비하느라 분주하였고, 나는 동생을 데리고 나와 군부대 초소에 장난감 병정처럼 서 있는 군인아저씨들을 바라보고 있는 것이 소일거리였다. 그날도 무료하여 울타리로 쳐 놓은 철조망 앞에 서 있을 때다. 정문에 서 있던 총을 든 보초병아저씨가 꼬마야! 꼬마야! 부르더니 "나의 살던 고향은 꽃피는 산골…" '고향의 봄'을 휘파람으로 부는 게 아닌가. 휘파람을 어찌나 잘 불던지 짝! 짝! 짝! 박수를 쳐주었다. 그 후로 휘파람 소리가 듣고 싶으면 부대 정문 초소 한 귀퉁이에 서서, 군인 아저씨가 불어주는 '과수원길' '오빠 생각' 등 동요를 콧노래로 따라 부르곤 했다.

어느 날 동생들과 놀아주는 군인 아저씨가 고마웠는지 언니가 군인아저씨 주라며 큰 봉지에 빵을 가득 담아주는 게 아닌가. 신이 나서 빵 봉지를 울타리 안으로 밀어 넣어놓고 가져가라고 손짓을 하고 돌아왔다. 그리고 다음 날 나가 보니 빵을 놓았던 자리에 빨강색종이로 접은 쪽지가 놓여 있었다. "꼬마야! 고맙다. 예쁜 너를 보니 고향에 있는 또래의 동생이 생각났단다. 짧은 글이었던 것 같지만 고향에 두고 온 동생을 그리워하며 휘파람을 불어주지 않았나 싶다. 그 뒤에도 며칠에 한 번씩 빵을 가져다주었는데 잘 먹었다는 말 대신 휘파람소리로 신호를 보내곤 하였다.

언니는 건강한 아들(조카)을 출산하였고 엄마는 산후조리를 해주느라 정성을 다하셨다. 나는 동생을 데리고 나와 시냇가에서 조약

돌을 가지고 놀기도 하고, 군부대 주변의 동산에 올라 네잎 클로버를 찾곤 하였다.

큰언니 집에서 지낸 짧은 기간 동안, 누구인지도 모르는 군인 아저씨가 불어주던 휘파람 소리와 먹고 또 먹어도 맛이 있었던 단팥빵맛이 잊어지지 않는다.

누군가 나이가 들면 추억을 먹고 산다 하더니 나도 그런 것일까? 지금은 돌아가시고 안 계신 큰언니지만 단팥빵을 보면, 맏딸로 태어나 친정 동생들을 살뜰히 보살펴주던 큰언니가 사무치게 그립다.

배려

일상에서 그저 대수롭지 않다고 치부해 버리는 행동이나 일들이 간혹 주변 사람들을 불편하게도 하고 마음을 아프게도 할 수 있다는 것을 간과하고 살지 않았나 싶다. 무심코 마신 커피 한 잔이 나를 돌아보게 한다.

햇살 좋은 날 안국사로 향했다. 특별한 계획을 가지고 떠났던 여행이 아니기에 아무런 준비도 없이 출발했다. 고속도로가 아닌 국도를 택해 가니 자연을 둘러볼 기회가 많아 좋았으나 휴게소가 없어 물 한잔 마시지도 못하고 달려야 하는 불편함이 있었다.

안국사는 전북 무주 적성산 정상에 자리했다. 해발 1,600m의 고산지대여서인지 서늘하여 평지보다 7~8도 낮은 기온이다. 고산지대의 하늘은 눈이 시릴 만큼 파랗다. 둥둥 떠다니는 하얀 뭉게구름이 유랑을 떠나듯 길을 재촉한다. 잠시 쉬었다 가도 좋으련만 바쁘게 떠나가는 구름이 눈앞에 아른 거린다. 손을 내밀면 금방이라도 잡힐 것 같아 허공에 손을 휘둘러보아도 헛손질만 하다 공연히 머쓱해진다.

멀리 보이는 능선이 하늘과 맞닿을 듯 말 듯 한 것이 신기하다. 천상이 있다면 이런 곳일까? 이곳에 오면 마음속에 켜켜로 쌓여 있는 번뇌와 망상을 훌훌 내려놓고 갈 수 있을 것만 같다. 청명하고 신선한 공기와 아름다운 주변 경관에 마음이 고요해 지는 듯하여 즐겨 찾게 된다.

일주문에 들어서니 사람들이 모여 웅성거리고 있는 분위기가 심상치 않지만 여느 때처럼 행사가 있는 줄 알고 요사채 마루에 잔뜩 쌓아 놓은 커피를 스스럼없이 한잔 타 마셨다. 산사에서 목이 마를 때 마시는 한 잔의 커피가 꿀물 같다. 달달한 커피 향의 맛을 음미하며 즐거움에 빠져 있는데 "이 커피를 마시면 수색대원들이 마실 차가 없습니다!"라며 누군가 퉁명스런 말투로 타박을 하는 게 아닌가. 어리둥절하여 무슨 일이 있냐고 되묻는 내게 수색대원인 그녀가 시큰둥한 표정으로 "조난자가 있어 수색 중입니다." 하고 대답한다. 아차! 그런 줄도 모르고 나는 내 생각만 하고 누구나 마시도록 놓아둔 것으로 착각하여 커피를 타 마시다니 부끄러워 쥐구멍에라도 숨고 싶었다.

사연을 듣고 보니 등산객이 안국사 참배 후 등산로에서 조난을

당하였는지 행방이 오리무중 상태라고 한다. 조난자의 행방을 몰라 노심초사하는 고개 숙인 자식들의 모습이 애처롭다. 건강하게 산행을 왔다가 갑자기 어디론가 사라져 버렸으니 얼마나 황당할까. 그 소식을 전해 들은 친지들의 마음은 또 어떻겠는가. 자식들에게 힘내라는 뜻이라도 전하고 싶어 합장으로 예의를 표하고 조난자가 무사히 귀가할 수 있게 해 달라고 부처님 앞에 간절히 기도하였다.

굳이 커피 한 잔을 마셨기 때문에 한 기도는 아니다. 내 가족이라 생각한다면 그 심정이 어떠할까. 생사를 알 수 없는 부모를 그리며 안타까워하는 자식의 가슴은 미어지고 슬픔은 천지를 덮으리라.

그동안 많은 사찰을 참배 하였어도 정녕 타인을 위해서 진심으로 기도한 적이 있었는지 반문해 본다. 내 가족과 내 자식을 위해 정성껏 불공을 드렸지만 정작 타인을 위한 간절한 기도를 올린 적은 없었던 것 같다. 어찌 나와 내 자식들의 행복만을 바라며 살아왔는지 참으로 이기적인 삶이 아니었나 싶다.

불교경전에 보면 '무재칠시無財七施'라는 말이 있다. 돈이 없어도 베풀 수 있는 일곱 가지 보시를 말하는 것이다. 즉, 얼굴에 화색을 띠고 부드럽고 정다운 얼굴로 남을 대하는 화안시和顔施, 사랑의 말, 칭찬의 말, 위로의 말, 격려의 말, 양보의 말 등 말로서 얼마든지 베풀 수 있다는 언사시言辭施, 착하고 어진 마음으로 자신의 마음의 문을 활짝 열고 따뜻한 마음을 주라는 심시心施, 호의를 담은 부드럽고 편안한 눈빛으로 사람을 보는 것처럼 눈으로 베풀라는 안시眼施, 몸으로 때우는 것으로 남의 짐을 들어준다거나 예의바른 공손한 태도로 남의 일을 돕는 신시身施, 다른 사람에게 자리를 양보하는 상좌시床座施, 사람을 방에 재워주는 방사시房舍施 보시로서 굳이 묻지 않고 상대의 속을 헤아려 알아서 도와주는 것이다.

몸과 마음만으로도 할 수 있는 보시가 무궁무진 하거늘 돈과 물질이 따라야만 베풀 수 있다고 생각했던 지난날을 반성해본다. 재물에 예속되어 진정한 자비의 정신과 남을 위한 배려를 망각하고 살아가고 있는 것은 아닌지 나를 뒤돌아보았다.

행복이란 무엇일까? 나와 이웃의 모든 사람들이 정을 나누며 환하게 웃을 수 있는 세상에서 더불어 살아가는 것이 아닐까. 커피 한 잔을 마시면서도 삶의 자세를 배울 수 있다는 것이 얼마나 큰 축복인가. 산사를 내려가며 사소한 일에서부터 실천해야한다는 부처님 말씀을 가슴으로 깨닫고 가는 날이다.

산신의 경고

새해 첫날이다. 어디에선가 새벽을 알리는 수탉의 울음소리가 들린다. 정초부터 수탉이 힘차게 훼치는 소리를 듣고 보니 좋은 일이 많이 생길 것이라는 기대감을 갖게 한다. 세월이 변하면서 도심에서 닭이 우는 소리를 듣기란 어렵다. 닭 울음소리 하나에 이렇게 기분이 좋아지나 싶겠지만 사라져가는 소리를 듣고 있다는 사실이 좋다.

서둘러 집을 나섰다. 사위를 분간하기조차 어두운 이른 시간이지만 신년 해맞이 장소인 상당구 문의면 문화재 마을이 위치한 양성산으로 향했다. 매년 1월 1일 양성산을 찾아 해맞이 행사를 해 왔는데 햇수로 십 수 년이 넘는다. 양성산에 올라 대청호수를 바라보면 자욱한 물안개가 걷히고 서서히 떠오르는 태양이 한 폭의 산수화처럼 아름다웠다. 찬란하게 솟아오르는 태양을 보며 외치는 수많은 인파들의 함성이 메아리가 되어 온 산야에 울려 퍼진다. 한 해의 꿈과 소망이 이루어지기를 바라는 외침이 아닐까. 같은 공간에서 호흡하고 있다는 것만으로도 벅찬 감동이 몰려왔었다.

참으로 알 수 없는 일이다. 올해엔 왜 가던 길을 멈추고 다른 장소에서 해맞이를 하고 싶었을까? 늘 가던 양성산으로 가자는 남편의 만류를 뿌리치고 무언가에 이끌리 듯 김수녕 양궁장으로 발길을 돌렸다. 양궁장이 위치한 낙가산입구로 들어서니 차량들이 벌써 붐비기 시작한다. 시내에서 가장 가까운 해맞이 명소여서 많은 사람들이 손쉽게 접근할 수 있는 낙가산을 선호하는 듯하다. 더구나 산을 내려오는 길엔 모 웨딩홀에서 시민들에게 신년을 맞아 떡국을 무료로 접대하는 행사를 연다고 한다. 수 백 명의 사람들이 몰려올 것인데 개인의 사익을 버리고 나눔 행사를 한다는 것이 얼마나 훈훈한 온정이 넘치는 인심인가. 비록 떡국 한 그릇이지만 추운 날씨에 해맞이를 하기 위해 한 두 시간씩 산에서 떨었을 사람들에게는 너무나 고맙고 맛있는 한 끼일 것이다.

군데군데 지난해에 내렸던 하얀 잔설이 듬성듬성 남아있다. 포근했던 날씨 덕분에 눈이 많이 녹아 어렵지 않게 산을 오를 수 있다고 생각하여 등산로를 따라 계단을 올랐다. 가파르지 않아 오르기도 수월하다. 양성산을 오르는 것에 비하면 참으로 편안한 산행이다. 여명이 밝아 오니 힘이 솟는다. 새해 기운을 받아서인가 보다. 거침없이 오르는 발걸음마저 가볍다. 몸 상태로는 정상까지 갈 수 있겠다는 자신감이 들기도 했지만 정상을 포기하고 산중턱에서 멈추었다. 자칫 무리해서 더 오르면 내려올 때 힘이 들고 무리라는 생각에 자리를 잡았다. 점점 사람들이 많아진다. 젊은이들은 빠른 걸음으로 정상을 향해 올라가고, 완만한 장소에는 연세든 어른들이나 부모와 함께 온 아이들이 정상을 포기하고 자리를 잡는다. 올라가는 사람이나 중간에 멈춘 사람들 모두의 표정은 맑고 환하다. 새해 첫 해맞이를 한다는 즐거움이 사람들의 마음도 환하게 바꾸지 싶다. 삼삼오오 서서 해가 떠오르기를 기다리는 사람들의 표정이 점점 긴장하기 시작하고, 숨을 죽이고 동쪽 끝을 응시한다. 드디어 한 점 빨간 불덩이 같은 해가 떠오르기 시작한다. 와! 와! 와! 너나 할 것 없이 사람들이 함성을 질러댄다. 시끄럽다고 야단치는 사람도 조용히 하라고 흉보는 사람도 없다. 모두의 마음은 하나같다. 나, 너, 우리, 모두 좋은 한 해가 되게 해 달라고 소망을 담아 외치는 것이다.

해맞이를 마친 사람들이 한 사람 두 사람 산을 내려가기 시작한다. 우리도 무리를 따라 내려가기 시작했다. 산 위에서 거의 내려왔을 무렵 내가 내리막길이라는 것을 감지한 순간 아차! 발을 잘못 디뎌 이미 발목이 삐끗하더니 미끄러지고 말았다. 당황스러웠지만 미끄러진 것도 창피하고 나이 먹은 사람이 엉덩방아를 찧은 것도 부끄러워 얼른 일어섰다. '남편에 의지하여 내려가면 되지' 라고만 생각했는데 도저히 걸을 수가 없었다. 도로 주저앉은 나를 보고 사람들이 모여든다. 낙가산을 한눈에 꿰고 있다며 다가온 사람은 자신의 노익장을 과시하며 업어서 내려다주겠다고 한다. 괜찮다고 인사를 하고 있는데 많은 사람들이 다가와 걱정과 위로를 해주고, 119에 알리는 사람도 있다. 산행 인심이 이렇게 따뜻할 줄 미처 몰랐다. 오히려 미안한 마음에 몸 둘 바를 몰랐다. 불과 몇 분이 지났을까. 앰뷸런스 소리가 들리는가 싶더니 십여 명의 119구급대원들이 들것을 메고 올라왔다. 다친 발목의 상태를 확인한 뒤 일사분란하게 움직이며 나를 들것에 올린 후 산을 내려왔다.

갑자기 일어난 이 사고를 어떻게 받아 드려야 할까. 느닷없이 왜 찾아왔느냐고 산신이 노하셨나? 아니면 낮은 산이라고 만만히 보았던 나에게 일침을 가한 것일까? 순간의 방심이 화를 부른 어처구니없는 사고라고 하기엔 후유증이 너무 컸다. 통 깁스를 한 다리로는 꼼짝을 할 수가 없다. 일거수일투족을 누군가에 의지하여야만 움직일 수 있었다. 그동안 건강한 두 다리로 생활했던 세월이 축복이었나 보다. 내가 당해보지 않으면 모르는 것이 장애다. 한쪽 다리가 있어도 별 도움이 되지 못하고 도움을 받아야 했던 시간들이 너무나 나를 서글프게 했다.

내가 좋아하는 산책을 예전처럼 하지 못하는 건 아닐까? 여행은 할 수 있을까? 갑자기 온갖 망상이 솟구친다. 그럴리가 없다고 고개를 저어보지만 생각만 해도 슬퍼진다. 다리가 불편하여 휠체어를 탄 사람들을 보며 그저 안됐다는 생각을 했을 뿐 무심히 지나쳐 버렸다. 내가 겪어보지 못했기에 그 아픔을 알지 못했다. 장애우를 보면서도 내가 관심을 별로 가지지 못하고 살았다는 것은 반성해야 할 부분이다. 나 자신이 매정했었다는 자책감을 버리지 못했다. 평생을 장애를 안고 살아가는 이들의 고통을 생각하니 가슴이 먹먹하다. 주변을 조금만 돌아보며 그들에게 따뜻한 관심과 격려를 보냈더라면 이렇게 부끄럽지는 않았을 것이다.

이제 나이에 걸맞게 과욕을 부리지 말아야겠다. '만사 불여 튼튼'이라고 하지 않던가. 이번 낙가산에서의 낙상은 돌다리도 두드려 보고 건너는 마음가짐으로 살라는 산신의 경고일지 모른다. 누군가는 새해 첫날 한 해의 액땜을 하였구먼! 하고 말하지만 그런 농담소리도 예삿말로 들리지 않았다. 그랬으면 좋겠다. 이번 사고가 한 해의 액운을 모두 씻어가는 기회가 되었으면 좋겠다. 그로 인하여 더 남을 돌아보고 배려하는 마음을 갖도록 기회를 준 것이라 생각하고 싶다.

마치 내일처럼 걱정해 주던 산에서 만났던 사람들과 119구급대원들에게 향할지 모를 불행한 액운들이 이번 나의 낙상으로 불행이 치유되는 액땜이 되었기를 기원한다.

어머니의 손칼국수

먹고 산다는 것이 무엇일까? 사람이 세상에 태어나서 일생동안 고민하고자 하는 원천일지 모른다. 많이 가진 사람이나, 적게 가진 사람이나 어찌 보면 궁극적인 삶의 목적이 먹고사는 일이기 때문이 아닌가 싶다.

예전에는 '하루 세끼 밥에 등 따습고 배부르면 족하다'고 하던 때도 있었지만, 요즘은 식당마다 온갖 맛있는 음식들이 넘쳐나니 기호에 따라 양껏 골라 먹는 참으로 풍요로운 세상이다.

나이가 들면 음식 맛도 옛 것이 그리워지는 것일까. 꽁보리밥에 텃밭에서 금방 뜯어온 상추쌈에 곁들여 아삭아삭 풋고추 날된장에 찍어 먹으면 입안이 개운하여 입맛을 돋우었다. 무더운 여름날 반찬이 없어도 우물에서 금방 길어온 찬물에 밥 말아서 짭짤한 장아찌와 새우젓 한 종지면 뚝딱 밥 한 그릇을 비웠다. 구수하게 끓여

낸 국수는 또 얼마나 맛이 있었던지. 어릴 적에는 밥보다 국수를 더 좋아해서 하루 세 끼를 먹어도 싫지 않았다. 지금도 어릴 적 추억이 서린 어머니의 손칼국수 맛이 한없이 그립다.

해질녘 들일을 하고 오신 어머니는 힘든 노동으로 파김치가 되셔도 내가 좋아하는 국수를 끓여내 주셨다. 팔소매를 걷어붙이시고 밀가루에 콩가루를 섞어 반죽하는가 싶더니, 어느새 홍두깨로 척척 밀어 국수피를 만드셨다. 쟁반같이 둥글게 펼쳐지는 반죽은 종잇장처럼 얇아져 내 얼굴이 드러나 보일 지경이 될 때까지 가늘게 미셨다. 커다랗고 둥근 피를 반으로 접을 때에는 서로 달라붙지 말라고 훌훌 밀가루를 뿌려 접기 시작했고, 계속하여 지폐만큼 세로가 모아지면 썩썩 썰어내셨다. 샘터 옆에 걸어 놓은 무쇠 솥에 불을 지피고 설설 끓는 물에 국수 가락을 넣고 애호박 숭숭 썰어 넣어 보글보글 끓이면 쫄깃하고 맛있는 칼국수의 구수한 내음이 어린 내 마음을 배부르게 해 주었다.

나는 국수가 끓고 있을 즈음에는 어머니를 졸라 얻어낸 국시꼬랑지를 불을 헤집어 가며 구워 먹기도 했다. 아무런 양념도 가미하지 않은 맹맹한 국시꼬랑지가 뜨거운 불에 구워져 풍선처럼 부풀어 오르면 내 볼도 더 크게 달구어져 갔다. 바삭하고 구수한 국시꼬랑지는 최고의 간식거리였고, 먹다보면 입 주변은 항상 시커멓게 변해 버렸다. 내가 국시꼬랑지와 씨름을 하는 사이 어머니는 다 삶아진 뜨거운 국수를 커다란 양푼에 철철 넘치도록 퍼 내 놓으며, 굵은 소금 한 움큼을 뿌려 주걱으로 휘휘 저으셨다. 대 종갓집인 우리 집에는 식구들이 많았다. 그 많은 식구들이 서로 둘러 앉아 한 대접, 두 대접씩 후루룩 후루룩 소리 내어 먹는 식사시간에는 말소리조차 잠잠했다. 오직 들리는 것이라고는 후루룩 쩝쩝 국수를 먹는 맛있는 소리만이 맴돌았다. 어머니는 내가 맛있게 먹는 모습만 보셔도 배가 부르다 하셨다. 식구들이 실컷 먹고 남은 국수는 양푼에 담아 삼배상보자기로 덮어 놓으며 출출할 때 밤참으로 먹으라 하시던 어머니는 음식솜씨가 좋았던 요리사셨다.

배가 빵빵하도록 먹었는데도 입은 배가 고픈지 더 달라고 아우성이었다. 남겨 놓은 국수를 그냥 놓아두기가 불안했다. 더 먹어야 하는데 더 이상 들어갈 자리가 없어 보이면 배가 꺼지기를 기다렸다. 가장 쉽게 배를 꺼지도록 하는 것은 열심히 달리는 것이었다. 반딧불이를 잡아 호박꽃잎 속에 가득 가두어 호롱불을 만들었다. 반딧불이가 깜박일 때마다 희미하게 주변의 어둠을 몰아내면 이리 뛰고 저리 뛰며 놀았는데 금방 배가 꺼지고 배가 고팠다. 그러면 기다렸다는 듯이 돌아가 양푼을 끌어당겨 친구들과 국수를 먹으며 행복했다. 서로 더 먹으려고 달그락 달그락 양푼 바닥을 긁다보면 남은 국물 한 방울도 꿀맛 같았다.

반딧불이 날아다니던 밤에, 쑥 모깃불 피워 메케한 연기 자욱하고, 멍석 위에 누워 하늘에 수놓은 은하수 올려다보며 별 하나, 나하나, 별 둘, 나 둘… 별을 세던 밤이었던가. 별나라에 가보고 싶다하던 순이, 별똥별이 떨어지면 어디로 가느냐고 묻던 음전이, 운수 좋은 사람 집에 떨어진다고 줍고 싶다던 영자. 하하 호호 밤 세는 줄 모르고 이야기하던 친구들이 있었고, 밤이슬 내려 눅눅하다 홑이불 덮으라 하시던 할머니 목소리도 들려오는 것만 같다. 유년의 밤은 그렇게 깊어만 간다.

세월이 흐른 지금 지천으로 날아다니던 반딧불이는 다 어디로 갔는지 찾을 수조차 없고, 밤하늘에 반짝이는 별들은 도시의 우뚝 솟은 건물의 불빛에 가려져 보이질 않는다. 세월이 흐르면서 없어진 것이 반딧불이와 은하수뿐만이 아니다. 따뜻하고 정 많으시던 푸근한 어머니의 손맛도 사라졌다.

지금은 아무리해도 옛날의 그 음식 맛을 찾을 수가 없다. 어머니께선 참 쉽고도 간단하게 만드셨는데 나는 흉내도 내기 어렵다. 밭둑 여기저기 흔하게 자라고 있는 참비름을 베어다 솥에 삶아내어 참기름에 깨소금 뿌린 후 간장으로 조물조물 무쳐내면 향긋하고 맛난 비름나물이 되었고, 뒷마당 귀퉁이에 심어 놓은 가죽나무순 툭 잘라다 찹쌀 풀에 고추장 섞어 말려 튀겨 놓으면 도시락 반찬이 되었다. 먹을 수 있는 그 어떠한 것이라도 어머니 손만 가면 손쉽게도 맛있는 음식이 되어 밥상에 올랐다.

그 옛날 기억을 더듬어 봐도 어머니의 손맛은 되살릴 수가 없다. 내가 제일 좋아 하는 국수도 마찬가지다. 그저 밀가루에 콩가루 섞어 국수를 만들고, 왕소금만으로 간을 한 것이었지만 흉내 내지 못하는 맛이어서 속이 상한다. 아마도 내 기억 속에 오롯이 남아 있는 국수 맛은 어머니에 대한 그리움이 양념으로 들어가 있기 때문인지도 모른다. 그것을 알면서도 나는 비가 오거나 허전할 때는 국수를 만들어 먹는다. 가끔 옛날 칼국수집이 있다고 하면 찾아가 먹어 본다. 하지만 역시 그 맛이 아니다. 아직도 어머니의 손맛을 생각하면 배가 고프다.

오늘따라 머리에 하얀 수건 쓰시고 행주치마 두른 채, 부엌에서 음식을 만드시던 어머니 모습이 사무치게 그립다.

따뜻한 선물 김치

우리는 일상에서 크고 작은 선물을 주고받으며 살아간다. 이웃 간에 정을 나누려고 오가는 음식에서부터, 혹은 어떠한 일을 처리할 때 보답으로 건네는 물건도 있고, 은혜에 대한 감사의 뜻으로 전하는 선물에 이르기까지 종류도 다양하다. 그러나 크던 작던 보낸 선물이 상대방을 불편하게 할 수도 있어 마음이 쓰일 때도 많지만 사소한 것이라도 보낸 사람의 진실한 마음이 전해오는 감동적인 선물도 있다.

나는 참으로 따뜻한 정을 느낄 수 있는 선물을 받은 적이 있다. 멀리 최전방, 내가 신혼시절을 보냈던 정씨네에서 보내온 김장김치다. 김치를 담아 보내면서 국물이 새지 않도록 몇 겹으로 싸고 또 쌌다. 얼마나 손이 많이 가고 번거로운 일인가. 그럼에도 김치 국물이 흘러 피해를 주지 않으려고 몇 번이나 봉투를 다시 싸서 포장을 하여 보내온 것이다. 그런 김치를 받고나니 고맙고, 작은 것 하나까지 꼼꼼하게 배려한 마음 씀씀이와 정성에 가슴이 뭉클해졌다.

감사한 마음으로 포장을 열어보았다. 입맛을 당길 만큼 군침이 돌게 하는 김치 냄새가 코끝으로 전해 온다. 공기 맑고 토양이 오염되지 않은 청정지역에서 손수 농사를 지어 담근 김치라고 하니 더 풍미가 느껴졌다. 맛이 어떤지 참을 수 없어 얼른 밥상을 차렸다. 배추김치 한 포기를 꺼내어 배추의 밑 등을 썩둑 잘라내고, 쭉쭉 길게 찢어 수저에 척 얹어 먹으니 아삭아삭 씹히는 맛이 맛깔스럽다. 아! 바로 이 맛이다. 정씨 며느리가 보내온 김치 맛이 그 옛날 시어머니 손맛을 그대로 이어 받다니 놀라울 따름이다. 세월이 흘렀어도 정씨아주머니의 손맛은 며느리를 통하여 그 오랜 세월동안 변하지 않고 잘 보존되어 왔던 것이다.

서울상회 집에서 김장하는 날은 온 동네에 잔치가 열리는 날이다. 얼마나 많은 김장김치를 준비하던지 하루 전부터 농사지은 배추를 뽑아와 마당에 쌓아놓았다. 쌓아 놓은 배추는 산더미처럼 많아보였다. 동네이웃 사람들이 모두 모여 다듬어 자르고 소금에 절여놓으면, 서울상회 시어머니와 며느리가 한밤중에 일어나 뒤집어 주며 골고루 소금간이 배도록 해 놓았다. 새벽부터 배추를 씻느라 우물가에는 동네 아낙들이 모여 왁자지껄했다. 두레박이 오르내리고 물이 모자라 아끼는 펌프에서도 물 퍼내는 소리가 요란할 지경이었다. 정갈하게 씻은 배추는 대나무광주리에 건져 놓는다. 물이 빠지기를 기다리는 동안 동네 아주머니들은 마당 한가운데 깔아놓은 멍석위에 둘러 앉아 갓과 미나리, 쪽파와 대파, 당근과 무채를 썰기도 하고, 한쪽에선 절구통에 마늘과 생강을 찧느라 매캐한 향이 진동하였다. 새우젓과 갖은 양념으로 버무려 간을 맞추는 일은 당연히 시어머니 전담이었다. 시머머니가 어떻게 비율을 맞추느냐에 따라 맛이 달라지기 때문에 시어머니의 입맛이자 손맛이 이 집 김장김치의 특유의 맛이 되었다. 시어머니는 매콤하면서도 달착지근하고, 간간하면서도 고소한 맛을 선호하셨다. 그런 특색 있는 맛이 이 집안 특유의 김치 맛이다.

서울상회 며느리는 나와 동갑내기였다. 둘 다 아직 김장김치를 혼자서 마음대로 할 만큼 실력이 부족했기 때문에 허드렛일을 거들곤 하였다. 밖에서 어른들이 김장 맛을 내기 위하여 열심히 일을 할 때 우리는 슬그머니 부엌으로 들어와 폭 삶은 쫀득쫀득한 돼지고기에 갓 버무린 겉절이를 싸서 몰래먹는 맛이 기가 막혔다. 지금도 눈을 감고 생각하면 그때 겉절이에 싸서 먹던 돼지고기의 그 맛은 잊을 수 없다. 김장이 끝나고 배불리 먹었던 점심도 당시는 후한 임심이었는데 서울상회 시어머니는 겉절이에 포기김치까지 한 양푼씩 담아주며 가져가라고 하셨다. 그런 통 큰 인심으로 살아오셨기에 서울상회 시어머니에 대한 칭찬은 근동에서도 자자할 정도였다.

요즘은 마트에 가면 완제품 김치가 진열되어 있고, 배추를 재배하기 어렵거나 절이기 힘들면 생산지에 절인 배추를 주문만 하면 쉽게 김장을 할 수 있도록 배달까지 해준다. 참으로 간편한 세상이 되었다. 그럼에도 정씨아주머니네 집은 여전히 비료나 농약을 쓰지 않고 퇴비거름을 써서 직접 배추를 심어 김치를 담근다고 한다. 음식은 좋은 식재료와 손맛 그리고 정성이 깃들어야 제 맛이 나는 것이라 한다. 옥토에서 잘 가꾼 채소에 시어머니에게서 물려받은 음식 솜씨로 김치를 담갔으니 그 김치 맛은 먹어보지 않아도 맛있을 것이다. 정씨 며느리는 지금도 김장철이 되면 옛 풍습 그대로 이웃들과 날을 정하여 돌아가면서 김치를 담가 먹으며 정답게 살아가고 있단다. 그런 사람들의 따뜻한 정을 느끼며 살아가고 싶다. 사람과 사람이 살아가는 세상에서 이웃 간의 정이 없으면 너무 삭막하다. 그러한 정을 나눌 줄 아는 사람들과 살아왔던 시간들이 나에게 존재한다는 것이 감사하다.

친정어머니처럼 다독여 주시던 정씨 집안의 안주인이셨던 아주머니의 인자한 모습이 떠오른다. 많은 사랑과 정을 나누어 주셨던 분이기에 어머니 같으신 분이셨다. 그 따뜻한 마음을 받고도 떨어져 산다는 이유로 자주 연락도 하지 못하고 살았던 날들이 죄송스럽다.

지난번 출간한 '그 뜰엔 멈추지 않는 사랑이 있네'라는 공저수필집 몇 권을 보내주었다. 그 책 속에는 '해후'라는 제목의 글이 있는데 그 글을 읽고 당신들을 주인공으로 쓴 글이라고 무척 좋아했다.

그리고 그 보답으로 김치를 보내는 것이니 마음으로 받아달라며 좋은 글 많이 쓰라는 당부도 잊지 않는다. 금년에는 일기가 고르지 않아 배추 작황도 나빠서 배추 값이 비싸 금치라는 말도 있다. 그럼에도 넉넉한 마음을 담아 보낸 정씨 며느리의 정성이 고맙기만 하다. 어찌 선물을 금전에 비유하겠는가마는 살뜰한 정성이 깃든 김치라 어느 비싼 선물보다 나를 감동하게 했다. 혼자만 먹을 수가 없어 내가 글을 쓸 수 있도록 이끌어 주신 분들과 나누어 먹어야겠다. 다시 하나씩 꺼내 작게 나누어 포장하는 내 마음도 뿌듯하다. 보내주신 분께 다시 한 번 감사의 마음을 보낸다.

쓸개 빠진 여자

한적한 곳에서 잠시 쉬고 싶다는 생각으로 보성 차밭을 찾았다. 입구의 울창한 삼나무 숲을 지나자 이산 저산 완만한 능선과 산비탈, 마치 다랑이 논처럼 보이는, 끝도 없이 펼쳐진 차밭의 정경이 참으로 아름답다. 차밭 사이사이로 난 길을 걷노라니 자연 그대로의 녹차향이 코끝을 스친다. 전망대에서 내려다보는 탁 트인 산야. 멀리 보이는 바다를 보며 심호흡을 하니 일상에서 얽매었던 스트레스가 확 풀리는 것 같다.

내려오는 길에 차 한 잔 하려고 들어간 찻집은 고풍스런 분위기에 차향이 은은하다. 반갑게 맞아주던 주인은 사계절 차를 마시라고 권한다. 녹차라고 하여 다 같은 맛이 아니란다. 계절에 따라, 채취하는 시기와 방법에 따라 차의 맛이 다르다는 것이다. 봄, 여름, 가을, 겨울에 생산하는 모든 차를 고루 마셔보아야 차의 맛이 어떻게 다른지를 안다는 것이다.

커피만 선호하던 나는 다도茶道나 차에 대해 문외한이지만 모처럼 다도의 예에 따라 천천히 음미하며 마셔 보았다. 차향이 입안에 남아 그윽함을 느꼈다. 제각각 맛이 다르다는 사계절의 차를 마시니 차 맛이 언제 생산되었는지에 따라 달라진다는 것도 알게 되었다. 차의 따뜻한 액체가 식도를 타고 내려가자 심신이 편안해지는 것을 느낄 수 있었다. 아직도 입안에서 깊은 차향이 맴도는 것만 같다.

보성에서 가까운 순천 낙안읍성 민속마을을 돌아보고 오다가 요기를 하려고 주막으로 들어섰다. 이 지방의 별미라는 칼국수와 팥죽 냄새가 코끝을 자극한다. 시장기가 몰려와 빨리 먹을 수 있는 팥죽을 주문했다. 맛깔스런 팥죽이 식욕을 자극한다. 수저를 들자마자 허겁지겁 팥죽 한 그릇을 뚝딱 비웠다. 달달한 맛이 입가에 맴돈다. 오랜만에 팥죽으로 요기를 대신했다. 집에서는 쉽게 손이 가지 않는 음식이어서 더 맛있게 먹었다. 맛나게 먹은 뒤의 포만감으로 콧노래가 절로 나온다. 숙소에 도착하였지만 여행지에서의 들뜬 기분 때문인지 잠이 오지 않는다. 잠을 청하려 뒤척이었지만 과식한 탓인지 속이 거북하고 식은땀이 나며 복부 통증이 예사롭지 않았다. 참으려고 하다가 끝내 참지 못하고 가까운 병원 응급실로 실려가 처치를 받고, 집으로 발길을 돌려야 했다. 집으로 돌아오는 길은 생과 사를 넘나드는 고통의 시간이었다. 무엇이 문제였는지 모르겠다. 맛있게 잘 먹었고 기분도 좋았다. 분명 무엇인가 문제가 있었을 것인데 그 원인을 모르겠다.

비몽사몽간 물안개가 내려앉은 물속에 발을 들여 놓고 주위를 살펴본다. 안개 저편에 그림자처럼 친정어머님이 서 계신 것이 아닌가. 아무리 불러도 지긋이 바라만 보신다. 어머니 곁으로 가고 싶어 발버둥을 쳐도 꼼짝할 수가 없었다. 아직은 이곳에 네가 올 자리가 아니라는 듯 손사래를 치며 물속을 가리킨다. 세차게 흐르는 맑은 물속에 싱싱한 미역이 춤추듯 일렁였다. 놓칠세라 한 움큼 움켜잡아 건져내 고개를 들어 어머니를 보니 어머니의 모습은 어디론가 사라지고 안 계셨다. 나는 어머니! 어머니!만 애타게 부르다 혼미한 채로 눈을 떴다. 꿈이었다. 담낭적출 수술을 하는 동안 어머니를 만나고 왔던 것이다. 내게 위급한 일이 생길 때면 꿈결에 한 번씩 다녀가시는 그리운 어머니. 어머니는 꿈속에서 왜 내게 미역을 주고 가셨을까? 어쩌면 다시 태어난 생명으로 알고 건강하게 살다오라는 현몽은 아니었을까.

몇 년 전, 건강검진을 받은 후 담낭에 담석이 있다는 말을 들었으나 그때는 대수롭지 않게 생각했다. 그러다가 이번 여행길에서 사고가 나고 만 것이다. 주치의는 "이제 한고비 넘기셨네요. 견디다 못한 쓸개가 요동을 치며 폭발하였어요. 주변 장기로 튀는 바람에 큰일 날 뻔 했습니다. 흑진주가 한줌이나 나왔어요!"라며 농담까지 하며 보여주었다. 수술하면서 제거한 검붉은 보석처럼 생긴 크고 작은 담석이었다. 놀랍기도 하고 어처구니가 없었다. 어떻게 사람의 몸에서, 아니 내 몸에서 한줌이라고 할 만큼 많은 돌이 자생할 수 있었는지 기가 막힐 일이었다. 한 치 앞도 못 보고 사는 게 인생이라지만 나에게도 이런 일이 닥칠 줄 왜 몰랐을까? 즉시 병원을 찾아 갔더라면 그 고통을 감당하지 않아도 되었을 것을, 건강에 무관심했던 내 자신의 아둔함에 망연자실할 뿐이었다.

담낭은 간에서 분비되는 쓸개즙을 저장하는 주머니로 소화를 도와주는 역할을 한다지만 오히려 제거하고 나니 온몸이 날아갈 듯 가볍다. 오르내리던 혈압도 정상수치다. 식생활에도 별 지장이 없는 것 같다. 다만 우리 신체의 어느 한 부분인들 있을 곳에 있어야 건강한 몸으로 살아갈 수 있지 않은가. 사람이 태어나서 죽는 날까지 건강한 정신과 육체로 살아간다면 좋으련만 그게 마음대로 되질 않는다. 모르면서 혹은 알면서도 나만은 건강할 것이라는 자만과 오만이 큰 불행을 초래한다는 것을 발등에 불이 떨어져서야 깨닫게 되다니 얼마나 우매한 일인가. 조금 더 건강에 관심을 가지면서 매년 한 번씩 받게 되는 건강검진의 결과를 무시하지 말고 몸을 지키는 생활을 해야 할 것 같다. 호미를 막을 일을 가래로 막아서야 되겠는가.

나는 쓸개 빠진 여자가 되고 말았다.

어머님 용서하소서

해마다 오월이 되면 부모님이 한없이 그리워지는 것은 어버이날이 있기 때문일까요? 자식들이 어버이날이라고 이것저것 선물을 들고 찾아와 효도를 받으려 하니 이 세상에 계시지 않은 부모님 생각이 더욱 간절해집니다.

얼핏 얼핏 꿈결에 한 번씩 다녀가시는 시어머님! 헤어질 때 배웅도 못해 드리고 저 세상 가시는 길 장례도 모시지 못한 불효 때문에 속죄하는 마음으로 지난날을 회상해 봅니다.

어머님! 저희 곁을 떠나신지 수십 년이 훌쩍 넘었군요. 어머님을 처음 뵌 곳은 면사무소에서였지요. 아범이 대학 졸업 후 장교임관에 호적등본이 필요하다며 저와 함께 가자고 하였답니다. 그날이 장날이었어요. 면사무소에 있는 아범과 저를 보고 달려오시는 어머님의 모습이 너무나 낯설었습니다. 시어머님이 되실 분은 아범과 닮은 분이실거라는 상상을 하고 있었거든요. 조금 실망은 하였지만 어머님은 제가 마음에 드셨나 봐요. 환하게 웃으며 손을 잡고 중국집으로 안내하셨지요. 모여 계시는 집안 어른들께 인사시켜 주시며 자장면을 사주시던 기억이 새롭습니다.

그 후 저희가 결혼할 때 어머님이 아버님 상처하시고 새로 오신 분이라는 것을 알고 얼마나 당황했는지 모릅니다. 새어머니라는 선입견 때문인지 늘 겉돌며 어머니라는 호칭을 쓰지 않던 아범과 어머님 틈에서, 제가 어떻게 처신해야할지 난감하였었거든요. 친정어머님께서 "돌아가신 친시어머님이 계시지만 너를 며느리로 보살펴 주는 지금의 시어머님을 존중해 드려라"는 말씀에 저는 다짐을 하였어요. 구남매 막내며느리로 아버님 어머님께 효도할 것을요.

어머님은 경상도 분이라 억양이 강해서인지 다정한 느낌은 들지 않았어요. 그렇지만 저와는 무언無言으로, 눈빛만 보아도 소통이 잘 되는 고부간이었던 것 같아요. 아범이 군복무를 마치고 저희들이 고향으로 내려갔을 때 불편함이 없도록 보살펴 주셨지요. 교사로 발령이 나서 청주로 올 때에도 전세방을 마련하여 주시구요. 아들 손자 낳았다고 좋아하며 그 무거운 쌀자루를 머리에 이고 오셔서 다독여 주셨어요. 그뿐인가요. 처음 집 장만을 할 때도 거액의 자금을 선뜻 내주셨지요. 명절이나 아버님 어머님 생신 때 내려가면 드린 것보다 바리바리 챙겨주며 뭐든지 더 주려고 마음 써 주시던 일을 어찌 잊을 수가 있을까요. 저도 보답을 해드리고 싶던 차에 어머님이 아버님과 혼인신고가 안 되고 동거인으로 살고 계신다는 것을 알았어요. 우여곡절 끝에 아버님과 혼인신고를 하여 드렸더니 제 손을 꼭 잡고 '어멈아! 고맙다. 나도 이제 김씨 집안사람이 되었구나!' 하시며 눈시울을 적시던 모습이 눈에 선합니다.

방학이 되면 아이들이 시골에 내려가 지내다 오곤 하였지요. 장날에는 맛있는 것 사주며 구경시켜 주신 이야기, 산과 들로 데리고 다니시며 산딸기 따주시고, 참외 밭에서 달고 맛있는 참외 먹던 이야기 등, 할머니가 최고라며 자랑하였어요. 그렇게 좋아하는 어머님을 친할머니가 아니라는 사실을 말해 줄 수가 없었습니다. 차일피일 미루다보니 두 애들이 중학생이 되었을 때였어요. 어느 날 묻더군요. 할머니가 큰고모와 터울이 몇 살 안 난다는 거예요. 가슴이 철렁 내려앉았지요. 이제는 말해주어야 할 때라는 생각이 들어 고민 끝에 친할머니가 아니라는 사실을 말해 주었어요. 그 말을 듣는 순간 아이들이 믿을 수가 없다는 것처럼 말을 하지 못하더군요. 그리고 하는 말이 우리 아빠 불쌍하다는 거예요. 아마도 동화책에 나오는 심술궂은 계모를 생각하였나 봐요. 그 일이 있은 뒤 아이들의 태도가 예전 같지 않았어요. 어머님이 저희 집에 오시면 할머니 양쪽에서 자던 녀석들이 회피하는 거예요. 상황을 알게 되신 어머님은 저희 집에 발걸음이 뜸하셨지요.

핏줄이 무엇이기에 철없는 어린 마음인데도 그렇게 달라질 수 있는 것일까요. 그래서 피는 물보다 진하다고 하는 것인가요. 이해시키기엔 무리더군요. 이다음에 아이들이 성숙해지면 알 수 있기를 바랐습니다. 그 일을 생각하면 어머님께 참으로 죄송스럽습니다.

세월이 흘러도 어머님과 저는 전과 다름없이 좋은 고부간이었지요. 그런데 큰일이 닥치고 말았습니다. 큰 아이는 대학을 무난히 들어갔지만 작은 아이는 입시문제로 고민할 때였어요. 아버님이 병환으로 돌아가시자 어머님은 저희들과 함께 사시길 원하셨지만 좁은 소견에 작은 아이가 대학에 들어간 다음 상의하자고 미루었던 것이 화근이 될 줄 몰랐어요. 어머님보다도 내 자식이 우선이라는 짧은 생각을 한 제 잘못이었습니다.

어머님은 아버님마저 돌아가시고 나니 당신이 소외된다고 오해하셨나 봐요. 어느 날 조용히 재산 정리를 하여 전 남편 사이에 태어난 딸이 있는 곳으로 가시고는 소식을 끊으셨지요. 떠나시는 길 배웅도 못하고 헤어져 죄인처럼 지내는 동안 작은 아이가 대학에 들어가고 가정이 안정되었을 때는 이미 어머님이 돌아가셨더군요. 남몰래 울고 또 울었습니다. '부모님 살아 계실 제 효도하라'는 옛말을 절감하였습니다.

어머님 용서하세요!

이제 아이들도 부모가 되어 할머니를 그리워한답니다. 어머님 돌아가신 뒤 속죄하는 마음으로 해마다 음력 칠월 십오일 백중날, 아버님, 친시어머님, 어머님, 세 분을 절에서 사십구일 제사 정성껏 모시고 있습니다. 제 마음을 아시는 듯 어머님이 꿈속에서 다녀가시더군요.

어머님! 언젠가는 저희들도 어머님 계신 곳으로 가겠지요. 이승에서 못다 한 효도는 저승에서 하렵니다. 부디 편히 계시길 기도합니다.

백오십 시간의 열정

불혹의 나이에 지역사회학교 문예교실에서 수필공부를 할 수 있는 기회를 얻었다. 처음 공부를 시작하고 얼마 되지 않아서 일간지인 충청일보 백목련코너에 글을 연재하는 행운도 누렸다. 나에겐 세상 모든 것을 다 가진 것만큼이나 재미있고 즐거운 경험이었다. 글을 싣는 순서가 다가오는 것이 두렵기도 했지만 내 글이 지면에 인쇄되어 도민들에게 읽힌다는 사실을 생각하면 마음이 뿌듯하였다. 그러나 그 아름답고 행복했던 시간들은 오래가지 못했고, 개인적 사정으로 문예교실의 수업도 중단해야 했다.

글을 쓰지 않으니 늘 마음이 허전했다. 학창시절부터 마음속에 잠재해 있던 수필작가에 대한 꿈은 버릴 수가 없었기 때문이다. 그렇게 세월이 흘러 이순의 나이가 되었을 때다. 습작노트를 꺼내 읽어보며 하루하루를 소일하던 어느 날 문학 활동을 해보라는 지인의 전화를 받았다. 눈이 번쩍 띄었다. 지인이 알려준 인터넷 카페를 찾아 들어갔다. 아! 이곳이다 싶어 그날로 푸른솔문학 카페에 가입하였고, 충북대학교 평생교육원 문예창작 반에 수강신청을 하였다.

　개강 첫날이었다. 설레는 마음으로 들어선 강의실의 분위기가 색달랐다. 지도교수님의 날카로운 눈빛이 예사분이 아니라는 생각을 하였지만 말씀 한마디 한마디가 정이 많은 분처럼 느껴졌다. 자기소개를 할 때다 "선생님! 어서 오셔요! 잘 오셨습니다."라고 말씀하시는 모습을 보며 참 인성도 좋은 분이라고 생각했다. 나로서는 처음 듣는 선생님이란 호칭에 얼떨떨했다. 교수님은 모든 수강생들에게 선생님이라는 호칭을 쓰신다는 것이다. 그로인해 수강생 상호간에 선생님이라는 호칭을 자연스럽게 쓰게 된 계기가 되었다. 이 모든 과정이 수강생들을 존중하여 주시는 교수님의 배려 때문에 만들어진 올바른 풍토라고 믿었기에 더 존경심을 가질 수 있는 계기가 되었다.

　매주 목요일 평생교육원에 공부하러가는 날은 참으로 행복한 하루였다. 삼삼오오 잔디밭에 둘러앉아 토론하는 학생들을 보면 마치 내가 젊은 시절로 되돌아가 대학생이라도 된 듯했다. 교정에서 미래를 꿈꾸는 세대들의 활기찬 모습이 나에게 시너지효과를 전수해 주었고, 그런 젊은 학생들이 너무나 부러웠다. 가정형편에 갈 수 없었던 대학 캠퍼스를 문학을 통하여 새롭게 접할 수 있음에 감사했다.

간혹 야외수업도 진행되었다. 야외수업시간에는 교수님이 마련해 놓은 근교의 '뻐꾹새 우는 농장'을 찾아 콩, 참깨, 들깨, 고구마 등 곡식을 심는 농사체험도 하였다. 원두막에 둘러앉아 준비해 가지고 간 맛난 점심식사를 먹다보면 계곡에서 흐르는 맑은 물소리와 앞산 에서 들려오는 뻐꾸기 울음소리가 마음을 설레게 했다. 전원에서의 하루는 너무나 짧았고, 도시에서 느껴보지 못한 시골 풍경은 글을 쓰는 소재가 되어 유년시절을 떠올리게 했다.

해마다 열리는 송강정철 문학축제 행사를 마치고 뒤풀이 저녁식 사를 할 때였다. 몇 분 수강생들이 교수님 지도하에 공저출간 준비 를 한다는 것이었다. 나에게도 함께 하자는 권유가 있었다. 겨우 입 학한 새내기 수강생인 나로서는 뜻밖의 기회였다. 감사한 마음으로 합류하게 되었지만 문학회 사무실이 없는 처지라 마땅히 공부할 수 있는 공간이 없었다. 우리는 의논 끝에 자주 다니는 단골음식집에 양해를 구하자고 하여 찾아가니 주인은 흔쾌히 장소를 제공하겠다 고 했다. 그렇게 시작된 백오십 시간의 수업은 눈물겨웠다. 엄동설 한 추위에도 아랑곳없이 밥상머리에 둘러 앉아 공부를 하다보면 식 사시간이 훌쩍 넘어가기가 비일비재 했다.

'수필의 소재는 무궁무진하다. 일상에서 나의 경험이나 체험을 창 작을 통하여 승화시켜라. 어려운 단어나 미사여구의 문장으로 독자 를 현혹시키는 글은 좋은 글이 아니다. 글은 곧 그 사람이다. 진솔 하고 정감 있는 글은 감동을 준다.'라고 강의하시는 교수님의 수필

이론 수업은 좋은 수필을 쓸 수 있다는 격려가 되었다. 또한 각자 써 온 글을 한 문장 한 문장 다듬어 좋은 글이 되도록 지도하여 주시는 가르침을 어찌 말로 다 표현할 수 있을까. 한날은 교수님이 과로로 객혈을 하시는 것이다. 그럼에도 그 고통을 참으며 수업을 진행하시는 것을 보면서 제자들을 위한 교수님의 노고를 따라가지 못하는 나 자신을 원망하기도 했다.

그렇게 출간한 책이 7인 공저 수필집 '그 뜰엔 멈추지 않는 사랑이 있네'다. 수필집이 출간되던 날 150시간의 인내와 열정이 있었기에 가능한 일을 해 냈다는 자부심에 우리는 자축을 했다. 그 계기가 씨앗이 되었고, 푸른솔 신인문학상을 받는 영광을 얻기도 하였다. 노력을 통하고 얻어낸 성과물이기에 더 마음이 갔다.

노익장을 과시하던 홍선생님, 따뜻한 정으로 보듬고 격려하여 주던 큰 언니 정인선생님, 과묵하지만 농담 한마디로 분위기를 화기애애하게 바꾸어주던 최선생님, 낭만적인 감정의 소유자 파인선생님, 버스를 세 번씩 갈아타며 먼길 마다않고 참여하는 만년소녀 랑랑선생님, 서로서로 격려하며 보듬어 주던 문우님들의 정을 잊을 수가 없다. 세월이 흐를수록 새록새록 생각나는 다정한 분들이다.

문인협회 회원으로 활동하고 있는지도 십년이 넘어선다. 많은 작품을 발표하진 못했지만 수필을 쓰면서 내 인생을 곱게 가꾸며 살아온 것에 대하여 감사하다. 앞으로도 책을 읽고 글을 쓰며 노년을 멋지고 아름답게 살아가고 싶은 것이 소망이다. 글을 통하여 세상을 바라보고 이웃을 돌아보고 형제자매를 그리워할 수 있었다는 것은 큰 은혜 같다. 가을이 풍요롭게 다가온다. 모든 이에게 결실의 계절이 되었으면 좋겠다.

고희연 古稀宴

'백세시대'라는 말이 유행어가 된 요즘이다. 하여 '인생은 육십부터'라는 말은 슬그머니 자취를 감추고 '인생은 칠십부터'라는 말이 대세라 한다. 근래는 우수한 의료진과 편리한 노인복지시설까지 갖추어져 우리 사회가 가히 노인천국이라고 해도 틀린 말은 아닌 것 같다. 그럼에도 내가 정작 고희가 되고 보니 나 자신이 갑자기 노인이 된 것 같아 속이 상한다. 내 나이가 칠십이라는 게 믿어지지 않는다. 어쩌면 믿고 싶지 않았는지도 모른다. 늘 젊은 줄 착각하며 살아왔었기 때문이 아닌가 싶다.

공연히 우울하게 지내던 어느 날이다. 고향에 살고 있는 옛 친구한테서 전화가 왔다. "친구야! 이제 우리가 고희가 되었구나, 만나서 자축이라도 해야 되지 않을까? 고향을 지키고 사는 내가 주선할게"라며 각처에 살고 있는 친구들 모두 모여 자축연을 하자는 것이다. 이렇게 반갑고 고마울 수가 있을까. 쓸쓸했던 마음이 봄눈 녹듯 사르르 녹아내리고 신바람이 났다. 그동안 보지 못했던 친구들을 한자리에서 만날 수 있다는 것만으로도 행복했다.

삼십 여명의 친구들이 한자리에 모였다. 고향 읍내 음식집에 모인 우리는 오랜만의 해후에 마치 여고시절로 되돌아 간 듯 소녀들 같았다. 겉모습은 희끗희끗한 머리에 잔주름이 늘어가지만 마음은 청춘인양 옛날의 모습이 되살아난다. 서로 인사를 나누느라 시끌벅적하다. 어느 정도 인사를 마치고 장내가 조용해지자 케이크 커팅이 시작되고 건강하게 살자는 축배를 든 후 초대해 준 박영자 친구의 인사말이 시작되었다.

친구들 반가워!
영동여고 나의 동창생들 먼길 마다않고 와주어서 진심으로 고마워!
발그레한 복숭아 같던 얼굴은 주름이 지고
삼단 같던 갈래머리엔 희끗희끗 서리 내려 염색을 하였구면.
고사리 같던 손가락은 마디마디가 굵어지고
통통한 뱃살에 허리까지 구부정하다네
곧고 날씬했던 다리는 휘어져서 뒤로 넘어질 것만 같고
뾰족구두 신던 발이 단화를 신어야만 하지
비록 몸은 변하였어도 마음만은 오늘이 가장 젊은 날이라고 생각해
고향에 살면서 진작 이런 자리를 마련했어야 했는데

두 번째 서른다섯이 되어서야 만나게 되었다네!

늦었지만 이렇게 만나게 돼서 좋구먼! 겁나게 좋아!

변변히 차린 건 없지만 맛나게 들어주길 바라며 한바탕 재미나게
놀아보세…

중후한 외모에 정다운 언변으로 우리들의 마음을 사로잡는 친구
는 역시 멋졌다. 그래 맞다. 우리는 두 번째가 아닌 서른다섯이야!
젊은 시절은 흘러갔어도 아름다운 오늘 아니 내일이 있지 않은가.
왜 이제야 만났을까, 반가운 마음을 어찌 표현해야 할까. 삼삼오오
마주 앉아 이야기꽃을 피우느라 입에 침이 마른다. 먼길 온 친구들
에게 맛난 점심식사를 넉넉하게 대접하는 친구의 통 큰 배려는 최
고의 만찬을 마련해 주었다.

이미 오래 전 모교는 폐교가 되었지만 남아 있는 자리라도 돌아
보고 싶다는 것이 모인 친구들의 같은 바램이었다. 오랜만에 찾아
간 영동여중고 아!~ 학교 건물은 흔적도 없이 사라졌지만 113개의
계단은 쓸쓸하게 우리를 반겨주었다. 옛 시절을 회상하는 우리들은
저마다의 추억을 떠올리며 감회에 젖었다. 오십 년 전 졸업식 때 헤
어짐이 아쉬워 계단에 나란히 서서 사진을 찍었던 장소다. 그 시절
을 추억하며 멋진 포즈로 카메라 앞에 선 우리들은 풋풋했던 그 시
절로 돌아가 보려고 애썼다.

'우린 늙어 가는 것이 아니라 익어가는 것'이라는 어느 가수의 말

처럼 고운 모습으로 익어가는 친구들 모습이 참으로 아름다웠다.

짜임새 있는 일정으로 친구들을 초대하여준 박영자 친구의 안내에 따라 찾아간 황간의 명소인 월류봉! 그 정취가 아름다워 달도 머물다 간다는 곳에서 기념촬영을 하였고, 고향의 천년고찰 '반야사'를 참배한 뒤 숙소가 있는 사슴 농장으로 향했다. 드넓은 초원에 사슴들이 노닐고 있었다. 자유가 없이 한곳에 갇혀 살아가야 하는 운명을 지닌 사슴이 처량해 보였다. 인간의 몸보신을 위해 생존해 있다는 것은 얼마나 큰 슬픔이겠는가.

갑자기 시인 노천명의 '사슴'이라는 시가 머리를 스친다.

> 모가지가 길어서 슬픈 짐승이여
> 언제나 점잖은 편 말이 없구나
> 관이 향기로운 너는
> 무척 높은 족속이었나 보다
> 물속에 제 그림자를 들여다보고
> 잃었던 전설을 생각해 내고는
> 어찌할 수 없는 향수에
> 슬픈 모가지를 하고 먼 데 산을 바라본다.

향기로운 관 때문에 인간의 탐욕을 이끌어 오히려 생명의 위협을 받으며 살아왔던 사슴은 야생에서 보기 어려운 동물이 되어버렸다.

누가 먼저랄 것도 없이 시인으로 활동 중인 선희와 인선, 현옥, 옥자 등 함께 있던 친구들과 큰소리로 '사슴'을 낭송했다. 우리의 낭송소리가 사슴농장에 메아리가 되어 울려 퍼졌다. 노천명 시인의 자화상이라고 할 수 있는 시지만 학창시절 국어 시간에 시를 낭송해 주셨던 중학교 때의 김동대 선생님, 고등학교의 노하종 선생님의 모습이 떠올랐다. 그분들은 아직도 살아 계실까. 누군가 도리빵빵하게 생기셨다고 똥대 선생님, 앞뒤머리가 짱구 같다하여 노박사님이라고 놀려대기도 하였지만 천사처럼 좋으신 분들이 아니셨던가. 그립고 뵙고 싶은 은사님들이다.

아!~ 저녁노을은 어찌 저리도 곱게 물들어 가는가! 마치 노년으로 가는 우리들처럼… 공연히 처연해지는 마음을 접고 석양을 뒤로한 채 파티장으로 발길을 돌렸다.

너나없이 난생 처음 먹어 본다는 사슴고기와 영동의 와인을 마시며 지난 세월 다하지 못했던 이야기꽃을 피우느라 시간 가는 줄 몰랐다. 노래방으로 옮겨 흥겨운 노래를 부르며 학창시절 즐겨 추었던 트위스트와 고고 춤을 추는 우리는 이미 70년대에 와 있었다. 참으로 오랜만에 느껴보는 행복한 밤이었다. 오십년의 세월이 촌음처럼 달려와 선 자리에 뒤돌아볼 수 있도록 도와준 친구들의 우정이 한없이 고마웠다.

펜션에서 각자 죽이 맞는 친구들끼리 방을 정했다. 오순도순 나누기 시작한 정담은 날밤을 꼬박 세울 때까지 끊어지지 않았다. 잠

도 못잔 상태에서 조식을 마친 후 직지사와 용두공원, 와이너리 홍
보관을 관람한 후 장터 보리밥집으로 자리를 옮겼다.

유년시절에는 그리도 먹기 싫던 보리밥이었는데, 이젠 나이가 들
어서인지 보리밥에 고추장 넣어 싹싹 비벼먹는 맛이 왜 이렇게 달
달하고 좋을까. 아마도 밥뿐만이 아니라 추억도 함께 넣어 비벼서
그런 것이 아닌가 싶다.

1박 2일간의 고희 자축연은 그렇게 짧지만 긴 여운을 남긴 채 막
을 내렸다. 이런 행복한 시간이 다시 올 수 있을지 기약하기 어렵지
만 살아있는 동안 계속되면 좋겠다는 바램을 가져본다. 같이 했던
친구들 만나서 반가웠고, 고마웠다. 그리고 참석하진 못하였지만
안부를 전하는 정인용 친구 고맙다. 특히 친구들을 초대하여 물심
양면으로 베풀어준 영자 친구, 진심으로 감사의 마음을 전하며 사
랑한다.

함께 한 친구들
박영자, 박순자, 양무성, 김상숙, 김상배, 김현옥, 김미자, 한예규,
정인선, 백행자, 정예택, 홍혜식, 이해순, 이서운, 윤정희, 한예규,
민귀순, 손해숙, 김순희, 서영수, 박연숙, 전미자, 배금열, 노옥자,
손선희, 장란순, 김순옥, 전명호.

작품해설

김홍은(충북대학교 명예교수)

《113계단》 수필집을 읽고

김홍은
(충북대학교 명예교수)

문학은 감수성이 예민하고 생각이 깊은 사람들의 이야기다. 사물을 바라봐도 예사롭지 않게 보고 느끼는 사색의 유희(遊戲)이다. 근면하고 정직한 사람이 아니면 글은 쓸 수가 없으며, 끈기 없는 사람은 할 수 없는 게 예술이다. 이런 점에서 문학은 쉬운 듯 하지만 어렵다.

작가는 10년이 기초라고 한다. 적어도 이 정도의 세월을 보내고 나야 그 뜻을 이해하고 터득하게 된다.

장란순 수필가는 자신의 기량을 펼치기 위해 수년간 충북대학교 수필창작교실에서 강의를 듣고, 또 다시 열정적인 3개월간의 150시간 작품 수정의 눈물겨운 고통의 특강으로 작가의 첫발을 내딛게 되었다. 두 번 다시 생각하기조차 싫은 멀미나는 지난날의 시간들이었을 게다. 그렇게 공부한 작품을 엮어 공저로 펴낸 작품집이

《그 뜰엔 멈추지 않는 사랑이 있었네》이다. 10년 침묵을 지키며 있다가 이제야 충북문화재단에서 작가에게 지원되는 공모에 선정되어 개인 수필집을 엮게 되었다.

장란순 수필가의 작품집《113계단》은 제목에서 느끼는 것처럼 매우 사유적 의미를 담고 있다. 1부에서 보면 〈서울, 과거로의 여행〉은 젊은 날의 인생을 추억하는 회상이며, 2부 〈일체유심조〉는 삶의 사색을 관조하는 인생의 의미를 담아내었다. 3부 〈빨간 양철지붕의 외딴집〉은 가족의 사랑을 노래한 희노애락이 스며나는 발자취가 묻어나 있다. 4부 〈어머니의 눈물〉는 한 맺힌 어머니의 삶을 애닲게 그려낸 눈물로 노래하다 뒤돌아보니 어느새 자신도 고희연을 맞게 된 짧은 인생여정을 담고 있다. 여고 동창생들과 고향에서 함께한 사랑의 꽃으로 피워낸 정서적인, 감성적 정감을 준다.

장란순 작가는 성품이 소박하면서도 순수하고 그 마음이 선한 인상이다. 평소 측은지심(惻隱之心)을 본심으로 삼아 주변을 보살피며 살아가는 수필가다. 장 작가는 〈푸른솔문학〉으로 등단한 후, 푸른솔문학 작가회 초창기 회장으로 활동하면서 문의 향교에서 '버드나무 문화축제'를 10회째를 주관하며, 옛 추억을 회상케 하는 '호드기 불기' 대회의 행사를 이끌면서 매년 수상자들에게 청풍명월 쌀 한 가마씩의 푸짐한 상품을 안겨주는 정을 나눌 줄 아는 문인이다. 그 마음이 늘 한결같다.

장 작가의 수필을 읽다보면 오랜 된 고향 사람을 만나는 기분이다. 푸근한 감성으로 봄눈 녹은 산골물이 졸졸 흐르는 물소리를 듣는 것 같다. 어쩌면 양지바른 흙담 아래 햇병아리가 쪼르륵 달려가는 모습을 보는 듯하고, 한여름 푸른 숲속을 거니는 시원하고도 상큼한 느낌을 주기도 한다. 아기자기한 정감들이 잔잔하게 알게 모르게 묻어나 즐거움을 준다. 꾸밈없는 소박함이 독자의 마음을 이끌어 가고 있다.

113계단은 여고시절의 회상을 담아낸 그리움은 오랜만에 모교를 방문하였으나 건물은 온데간데없고 낯선 군청 건물이 들어서 있음을 보며, 지난날의 추억을 회상하는 마음의 세월이 아련하게 그려진다.

계절의 여왕이라는 오월이 오면 학교에서 '아카시아 축제'가 열린다. 학교를 졸업한 동문회가 주축이 되어 스승님들을 모시고 지나간 시간 속에 남겨진 추억들을 끄집어내며 웃음꽃을 피웠다. 사춘기 단발머리 소녀시절, 아직 세상의 이치를 다 알지 못했던 성장기 청춘의 여리고 흔들렸던 영혼을 살찌도록 도와주시고 감싸주셨던 은사님들이 보고 싶다. 지금도 건강하신 모습으로 살아 계시는지 궁금하다. 많은 은사님들이 이미 하늘의 별이 되셨을 테지만 살아계신 분들이 계신다면 더 나이가 들어 잊혀지기 전에 만나 뵐 수 있었으면 좋겠다. 방과 후 음악실에 모여 수없이 연습했던 가곡 '청산에 살리라'도 같이 불러보고 싶다.

- 〈113계단에서〉 중에서

중·고등학교 6년간을 오르내리던 113계단이 그립지 않으랴. 발
랄한 여고시절의 꽃바람이 일렁이던 가슴에는 멀리 울려 퍼지던
기적소리와 함께 손을 흔들던 남학생들의 휘파람소리가 아직도 귓
전을 울리게 하는 듯하다.

모교의 전경은 참으로 아름다웠다. 양지바른 언덕에 시가지
가 한눈에 내려다보이는 아담한 2층 건물로, 113개의 계단을
밟고 올라가야만 정문에 들어선다. 봄이면 울타리에 노란 개나
리꽃이 흐드러지게 피어 물감으로 수채화를 그려 넣은 것처럼
강렬했다. 살랑 살랑 봄바람이 불때마다 연못가 수양버들가지
는 풀어 헤쳐진 실타래처럼 하느작거리며 소녀들의 마음을 싱
숭생숭하게 하였고, 화단 가득 피어있던 장미꽃의 화려함은 눈
이 부셨다. 파란 하늘이 점점 높아지는 가을이 되면 단짝 친구
와 학교 뒤 한적한 오솔길에 핀 코스모스 길을 걸으며 꿈을 키
우지 않았던가. 어쩌다 운동장 밑에 자리한 기차 정거장에 수학
여행단을 태운 기차가 기적소리 울리며 지나가기라도 하는 날
엔, 친구들과 모여 하얀 손수건을 흔들어 주며 여행의 즐거움을
축복해 주기도 했었다. 특히 남학생들은 우리가 손을 흔들면 휘
파람을 불며 더 신이 나서 머리를 차창 밖으로 내밀어 주소를

적은 쪽지를 창문으로 던지기도 하였다. 그런 모습을 보는 즐거
움은 사춘기 소녀들의 가슴에 이성에 대한 그리움을 잉태시키
지 않았나 싶다.

- 〈113계단에서〉 중에서

소년 소녀는 감성이 익어가는 청춘의 길을 향하여 달려가는 사춘
기다.

청춘은 누구나 마음속에서 묻어나는 향기로움이다. 누가 그 젊은
날의 아름다운 청춘을 잊을 수 있는가. 어느 교수는 아프니까 청춘
이라고도 하였다. 손수건을 흔들어 줄줄 아는 게 여고시절의 그리
움이 아니던가. 남을 배려하고 축복해 줄 수 있는 작은 하얀 손수
건의 너그러움에는 학창시절에 배우던 민태원의 청춘 예찬도 생각
나게 한다.

'이성(理性)은 투명하되 얼음과 같으며, 지혜는 날카로우나 갑 속
에 든 칼이다. 청춘의 끓는 피가 아니더면, 인간이 얼마나 쓸쓸하
랴?'

일상생활에서는 순간적인 판단력과 이해력, 통찰력으로 젊음이란
개념으로 일반의 생각으로 살아간다. 이성의 성숙해가는 과정은
순간적인 직감과 설익은 생각으로 판단하는 경우가 많이 있다. 이
것이 소년 소녀시절의 이성이지 않나 싶다. 직감이 감각에 의한 판
단으로부터 점차 성숙해 가는 게 이성으로, 청춘은 경험과 지식을
바탕으로 하는 젊음으로 무의식 속에서 피워내는 꽃이기에 더욱

아름답다.

　맞선을 보았던 아들이 몇 번의 만남 후에 아가씨와 함께 인사를 왔다. 두 사람을 처음 보는 순간 눈에 익은 듯하고 잘 어울린다는 생각이 앞섰다. 내 아들이 선택한 여자라서일까. 처음 대면하는 자리에서 나는 이미 며느리로 낙점을 했다. '며느리 사랑은 시아버지 사랑'이라는 말처럼 남편도 더없이 반색하는걸 보니 마음에 들었나보다. 며느릿감을 대하는 남편의 표정이 시아버님이 나를 처음 맞아주시던 때와 어찌 그리도 비슷한지 그 옛날 시아버님의 모습을 보는 듯했다. 아들과 함께 온 아가씨의 마음도 사십여 년 전 내 생각과 같을까. 이런 생각을 하니 당시 내 모습이 아련하게 떠오른다.

　　　　　　　　　　　　　- 〈빨간 양철지붕의 외딴집〉 중에서

　우리는 살아가면서 수많은 사람들을 만나지만 우연일 수도 있고 필연일 수도 있다. 부부는 천생의 인연이 있어야 배필로 만난다 하니 운명이라고 하는 것이 맞을까. 자녀를 혼인시키며 내 인생을 돌아보게 되는 것은 연륜 때문이 아닐 런지. 자식은 부모가 되어보아야 부모 마음을 안다고 하지 않던가.

　하나 뿐인 아들이 결혼을 한다. 며느리를 맞이하려는 지금, 내가 새색시였던 그 시절로 돌아가 보았다. 앞으로 며느리와 고부간이 아닌 모녀지간처럼 도타운 정을 나누며 살 수 있을지는 알 수 없지만 내리사랑이라고 부모님이 베풀어 주신 사랑을 자식들에게 되돌려 주어야겠다는 다짐을 해본다. 시아버님의 온정이 느껴지는 빨간 양철지붕 외딴집은 언제나 내 마음속에 자리하고 있는 영원한 안식처다.

- 〈빨간 양철지붕의 외딴집〉 중에서

어머니! 나는 어머니란 단어만 들어도 가슴이 떨리고, 그립고, 보고 싶다. 누구나 어머니에 대한 추억과 사랑과 그리움이 많겠지만 나는 우리 어머니가 살아오신 세월을 잊을 수 없다.

내 어머니는 일제 강점기에 태어나시어 20세에 결혼하셨다. 어머니는 가끔 "너희 아버지가 결혼하면 일본으로 데려간다고 하여 신천지에 가고 싶어 시집왔더니, 한평생을 이 모양으로 사는구나!" 하시며 아버지와 결혼하신 것을 후회하듯 말씀하셨다. 어머니와 아버지와의 만남과 결혼 그 속에 감추어져 있는 사연을 내가 다 알 수는 없었지만 간혹 어머니가 넋두리처럼 하시는 말속에는 아버지에 대한 연민만이 있는 것이 아니라는 것을 알 수 있었다.

-〈어머니의 눈물〉 중에서

인생의 인연이란 무엇인가. 부부로 만나는 인연을 불가에서 말한다. '사방 40리 되는 성 안에 겨자씨를 가득 담고, 3년에 한 알씩 꺼내, 마침내 그 겨자씨가 모두 없어지는 무한한 세월을 겁이다.'라

고 한다. 하루의 동행은 2천겁의 인연이고, 부부로 맺어지려면 7천
겁의 인연이, 있어야 한다.' 부부란 이렇게 칠천겁의 세월을 보내고
나서야 맺게 된 만남이란다. 이런 만남의 인연을 생각할 때 얼마나
소중함인가.

우리 인생은 이 같은 인연으로 만나서 살아감을 잊고 있으며, 느끼
지 못하고 살아감이 우리 인생의 삶이다. 기쁘거나 슬프거나 괴로
우나 한번 맺어진 인연을 아무렇게나 어떻게 함부로 끊겠는가. 인
연에도 우연과 필연이 있다하지만 이도 또한 인연임을 어찌하겠는
가.

장 작가의 어머니는 운명임을 알았기에 모든 아픔을 받아들이고
너그럽게 평생을 부부의 인연을 지키며 아내답게 조선의 여인으로
살아온 눈물의 꽃다운 어머니시다. 끝까지 남편을 버리지 않고 함
께한 아내의 사랑이 숭고하지 않은가.

수필은 인생의 정(情)이요, 측은지심이며, 삶의 경험으로부터 얻어
지는 철학을 담아내는 언어의 리듬이요 표현이다.

장란순 수필가의 작품들은 갈증 난 가슴에 청량한 물 한 컵을 마신
느낌을 주는 감성으로 다가오게 하고 있다. 자연스럽게 읽혀지는
아주 편안한 수필집이다.

113계단

장란순 수필집

초판 인쇄 2019년 8월 23일
초판 발행 2019년 8월 30일
지은이 장란순
펴낸이 노용제
펴낸곳 정은출판
주 소 서울특별시 중구 창경궁로 1길 29 3F
전 화 02-2272-9280
팩 스 02-2277-1350
E-mail rossjw@hanmail.net

ISBN 978-89-5824-395-3 (03810)

값 12,000원

· 잘못된 책은 바꾸어 드립니다.
· 양측의 서면 동의 없는 무단 전재 및 복제를 금합니다.

· 이 책은 충북문화재단의 지원을 일부 받아 제작되었습니다